El humo dormido

singulares

9

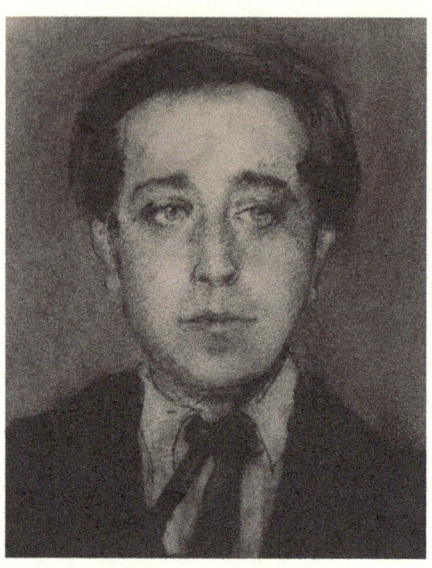

GABRIEL MIRÓ

Nació en 1879 y murió en 1930; es considerado el novelista hispánico más exquisito del s. XX. Su vida transcurrió en su Alicante natal hasta la primera década del siglo, cuando se trasladó a Barcelona para trabajar en la inconclusa *Enciclopedia sagrada*, y luego, desde 1920 hasta su muerte, en Madrid, donde ocupó un puesto en el Ministerio de Instrucción Pública. Reconocido en los círculos literarios españoles desde que le concedieron el primer premio de novela *El Cuento Semanal*, en 1908, colaboró en los más importantes periódicos de Madrid (*Heraldo, El Imparcial, ABC*) y de Barcelona (*Diario de Barcelona, La Vanguardia, La Publicidad*) y hasta de Buenos Aires (la revista *Caras y Caretas* o el diario *La Nación*). Su concepción literaria, plena de hiperestesia, con un amplísimo vocabulario y una forma narrativa a menudo fragmentaria, lo empareja con los planteamientos de sus contemporáneos como Proust o Woolf, al tiempo que le procuró una notoria influencia sobre los narradores españoles inmediatamente siguientes, llamados de la República, e incluso entre los poetas del 27. No obstante, su popularidad aquejó siempre el prejuicio sobre la insustancialidad de sus argumentos, cuando en absoluto lo son, o la minuciosidad de sus delicadas descripciones. Sus títulos más conocidos, aparte de *Nuestro Padre San Daniel* y su continuación *El obispo leproso* —novelas editadas por Drácena bajo el título *La novela de Oleza* (2023)—, son su casi biográfica *El libro de Sigüenza* (1917) o la colección de relatos *Años y Leguas* (1928).

Drácena también reeditó su primera novela de madurez, *Las cerezas del cementerio,* en 2022.

El humo dormido

GABRIEL MIRÓ

PRÓLOGO:
GASTÓN SEGURA

DRÁCENA
singulares

MADRID
2024

Edición de:
Raúl Pereda y Gastón Segura

ISBN: 978-84-127062-6-0
Depósito legal: M-1078-2024

Drácena Ediciones S.L.
Felipe IV, 9,1º Izq.
28014 Madrid

UNA INVITACIÓN A
EL HUMO DORMIDO
(Prólogo de Gastón Segura)

Cualquiera de los especialistas atraídos por este delicado tomo ha señalado su peculiar imposibilidad de encuadrarlo en alguno de los géneros prosísticos al uso. Desde luego; ni es una colección de cuentos, ni mucho menos una novela, aunque de ambos modelos usufructúe. Miró, en el breve liminar que lo abre, sugiere una intención de memorias; si bien, para nuestra extrañeza, en absoluto lo serían individuales, sino comunes e incluso con un vago eco mítico: «No han de tenerse estas páginas fragmentarias por un propósito de memorias; pero leyéndolas pueden oírse, de cuando en cuando, las campanas de la ciudad de Is, cuya conseja evocó Renan, la ciudad más o menos poblada y ruda que todos llevamos sumergida dentro de nosotros mismos».[1]

Esta declaración de Miró no puede ser más sincera hasta en su ubicación, porque el autor francés arrancó el «Prefacio» de sus *Recuerdos de infancia y de juventud* (1883) con «*une des légendes les plus répandues en Bretagne est celle d'une prétendue ville d'Is qui, à une époque inconnue, aurait été engloutie par la mer. On montre, à divers endroits de la côte, l'emplacement de cette cité fabuleuse, et les pêcheurs vous en font d'étranges récits. Les jours de tempête, assurent-ils, on voit, dans le creux des vagues, le sommet des flèches de ses églises; les jours de calme, on entend monter de l'abîme le son de ses cloches, modulant l'hymne du jour. Il me semble souvent*

---

[1] p. 31 de la presente edición.

que j'ai au fond du coeur une ville d'Is qui sonne encore des cloches obstinées à convoquer aux offices sacrés des fidèles qui n'entendent plus. Parfois je m'arrête pour prêter l'oreille à ces tremblantes vibrations, qui me paraissent venir de profondeurs infinies, comme des voix d'un autre monde. Aux approches de la vieillesse surtout, j'ai pris plaisir, pendant le repos de l'été, à recueillir ces bruits lointains d'une Atlantide disparue.

De là sont sortis les six morceaux qui composent ce volume».[2]

Se podría argüir sencillamente que la causa de esta indefinición se debe simplemente a su origen: una compilación de artículos aparecidos en *La Publicidad*, de Barcelona, desde el 28 de febrero de 1918 (publicación del prólogo y el primer capítulo unidos, bajo el título «El humo dormido: El humo. El órgano. El Hidalgo. El desconocido») hasta el 31 de enero de 1919 (estampación del último, «El humo dormido: Don Jesús y el Judío errante» II»[3]); aunque, por testimonio de Miró, sabemos de un posterior añadido y cuando ya había recibido las primeras pruebas de imprenta:

---

[2] La traducción es mía: «Una de las leyendas más extendidas en Bretaña es la de una supuesta ciudad de Is que en una época remota fue tragada por el mar. En varios lugares de la costa se muestra la ubicación de esta fabulosa ciudad, y los pescadores cuentan extrañas historias sobre el caso. En los días de tormenta, aseguran que vemos, en los descensos de las olas, las agujas de sus torres; en los días de calma, se escucha ascender del abismo el sonido de sus campanas entonando el himno del día. A menudo me parece que en el fondo de mi corazón tengo una ciudad de Is que todavía toca obstinadamente sus campanas para convocar a los oficios sagrados a fieles que ya no las oirán. A veces, me detengo para escuchar esas vibraciones temblorosas, que me parecen llegadas de las profundidades infinitas, como voces de otro mundo. A menudo, desde que me acerco a la vejez, durante las vacaciones estivales, me complazco en reunir estos sonidos lejanos de una Atlántida desaparecida.

Así surgieron las seis piezas que componen este volumen».

[3] En la página 3 de *La Publicidad* de aquel día, se anota bajo «Don Jesús y el Judío errante» un II de segunda parte; capítulo que, cuando se edite en el libro, por Atenea de Madrid, ese mismo año, recibirá título propio: «El alma del Judío errante y don Jesús».

6

«Hoy le incluyo el "Viernes Santo". Podría enviarle más original, pero es preferible que solo le prometa un único capítulo del *Humo*. Este capítulo debiera ir antes de "El perro del oracionero".[4] Si urge la apariencia del libro, prescindan de esas cuartillas; claro que yo preferiría que saliesen porque pertenecen a esta obra. Pero no sé cuándo podré enviarlo. No depende solo de mí, sino también de *La Publicidad*. Señálenme un plazo. Aunque mejor será que les confiese que no podrán tenerlas ustedes hasta el 20 o 24 del corriente [mayo de 1919]».[5]

Ante la delgadez del volumen, debo aclararles que la periodicidad de la publicación de estos artículos solía variar desde quincenal a mensual, salvo los agrupados tras la «Tabla del calendario entre *El humo dormido*», editados durante la Semana Santa de 1918 o en las onomásticas correspondientes —con la salvedad de la entrega antes citada en la carta de Miró—; es más, el profesor Edmund L. King[6] nos precisa una interrupción de esta laxa temperancia, entre el 25 de septiembre hasta enero del año siguiente, causada por un problema doméstico bastante enojoso.

Se trata de los cambios de domicilio emprendidos por la familia Miró desde su instalación en Barcelona, en enero de 1914, donde Gabriel iba a ocupar una plaza en la contaduría de la Casa de Caridad, por intercesión de Enric Prat de la Riba, entonces presidente de la Diputación provincial. Y es, precisamente, en la calle de este nombre

---

[4] Como observarán en las páginas posteriores no fue exactamente así; sino que ocupó, como era de sentido común, su lugar en la «Tabla del calendario entre *El humo dormido*».

[5] Carta del 12 de mayo de 1919 de Gabriel Miró a Ricardo Baeza, director de Atenea, editorial madrileña donde aparecerá este título y los posteriores de Miró.

[6] Miró, G. (1991) *Introducción a «El humo dormido»*, de Edmund. L. King. *Obra Completa, vol. XII.* (pp. 9-52). Alicante: Instituto de Cultura «Juan Gil-Albert»-Caja de Ahorros del Mediterráneo.

y en el tercer piso del número 339, donde comienzan a vivir hasta a noviembre de ese año, cuando se trasladarán al 7 del paseo de la Bonanova, aunque en absoluto a una «torre» de las que conformaban dicha avenida, sino a otro piso. Aquella vivienda se demostrará en unos cuantos años un nido de humedades tan insanas como para, en palabras del escritor, enmohecer «los muebles, los libros, las ropas y los huesos. Ya no era posible habitar mi cuarto ni el de mi madre; vivíamos apretados, amontonados».[7] En octubre de 1918 —en mitad de la publicación de los escritos acogidos en este volumen—, inician su traslado a una «torre» de la calle Vico, apeadero de la Bonanova, donde transcurrirán el resto de sus días hasta su mudanza a Madrid, durante el verano de 1920. En tanto, aquel último cambio de vivienda barcelonesa a Miró no solo le causó un pleito con el propietario de Bonanova 7, sino que hubo «de vender un carro de muebles por trece duros, un costal de libros, otro de ropas»[8] para poder realizarlo. Trajines indeseados que imponen esta interrupción señalada por el profesor King.

Todos estos trasiegos domiciliarios se vivieron bajo un severo chasco laboral. Miró, el mismo verano de 1914, había abandonado su puesto en la Casa de Caridad para integrarse en la confección de una enciclopedia católica para la editorial Vecchi-Ramos, pero este proyecto se clausuró en abril de 1915 cuando no había cumplido ni un año. A partir de ese instante, la familia solo dispone de cuanto el escritor pueda ingresar por sus colaboraciones en *La Vanguardia* y del abono de unos atrasos que le debía el ayuntamiento de Alicante por su anterior ocupación como cronista de la ciudad. Esta circunstancia de hallarse sin empleo estable y dependiendo solo de sus publicaciones en el periódico de Ramón Godó, coartará sus inmediatos

---

[7] Carta del noviembre de 1918 de Gabriel Miró a Juan Vidal.

[8] *Ibídem.*

títulos, *Figuras de la Pasión del Señor* (1916) y la primera versión del *Libro de Sigüenza* (1917), publicados antes como series de artículos en aquel diario; situación que nos volvemos a encontrar con *El humo dormido*; esta vez, en *La Publicidad* y entre 1918 y 1919. De ahí la interferencia de estos avatares sobre la concepción de la obra. No obstante; por la provechosa experiencia del par de títulos nacidos de sus aportaciones a *La Vanguardia*, Gabriel Miró concibió todos estos artículos como una unidad, cuya idea medular, ese *humo dormido*, expuesto ya en la primera entrega, figurará en el encabezamiento de cada artículo como si de un folletín se tratase.

CONTENIDO Y ESTRUCTURA DE *EL HUMO DORMIDO*

Gabriel Miró dividió el libro en dos partes; la primera comprende una docena de *estampas* [9] o propiamente *El humo dormido*; y la segunda, las diez *viñetas* precedidas por el título «Tablas del calendario entre *El humo dormido*». Miró, con el afán de mantener la concepción original de los textos, intitula a esta segunda mitad «entre *El humo dormido*», señalando con la preposición que esta serie de artículos se editaron en *La Publicidad* en sus respectivos días de la Semana Santa de 1918, y no fueron sino un paréntesis entre el resto de textos comprendidos por el libro.

---

[9] Es aquí donde comienzan los problemas de la definición sobre qué sean los artículos integrantes de *El humo dormido*; pues el propio Miró y los estudiosos que lo han comentado han optan por llamar a estos cuentos «estampas», «viñetas» o incluso «tablas» —o sea; imágenes antes que relatos—, pues no es tanto lo importante el asunto narrado sino una sensación inmanente en su escritura; llamémosla: un evocación o una nostalgia; ese humo que sube «y se duerme» desde «los bancales segados, de las tierras maduras, de la quietud de las distancias» (p. 31 de la presente edición) y que todos somos capaces de sentir y que la lectura de estos artículos pretendía suscitar.

Sobre esta primera división que presenta cualquier índice de las sucesivas ediciones de *El humo dormido*,[10] me atrevo a delimitar sin temor a errar las doce estampas de la primera parte en cuatro apartados; a saber:

• Un primer apartado integrado por el exordio carente de título, donde se enuncia la idea unificadora de cuantos relatos o *estampas* le seguirán; y el capítulo llamado «Limitaciones», ondulante narración originada por la escucha de los ensayos en el armónium del convento vecino a su piso del paseo de la Bonanova; una ubicación apuntada por el profesor Edmund L. King,[11] porque Miró eludirá en todos los cuentos cualquier referencia local e incluso cronológica. Con esta indefinición espacio temporal, el escritor pretende eximir al texto de cualquier atadura que entorpezca la interiorización sentimental por el lector.

Además, la unidad de ambos textos viene determinada desde su edición original en *La Publicidad* donde aparecieron como una sola *estampa*. No obstante; en aquella primera impresión presentaban una importante variación en su arranque; obsérvenla con detenimiento:

«Un humo azul que se ve a lo lejos; y es el mismo que también ciñe nuestra vida para otros ojos; un humo como el anhelar de los bancales segados, de los campos abiertos

---

[10] A la primera edición de Atenea en 1919, la siguen, acompañado de *El ángel, el molino*, y *El caracol del Faro*, la de *Vol. VIII, Obras Completas*, de Amigos de Gabriel Miró, 1930; de nuevo en solitario, la de *Vol. VII, Obras Completas*, de Biblioteca Nueva de 1936; acompañado de *El ángel, el molino y El caracol del Faro*, la de Tipografía Altés, de 1941; de nuevo en solitario, la de Anaya, de 1964; la de Dell Publishing Co., de 1967; la de Cátedra, de 1978; la del Instituto de Cultura «Juan Gil-Albert»-Caja de Ahorros del Mediterráneo, de 1991 y, finalmente, acompañado de *Los pies y los zapatos de Enriqueta, Corpus y otros cuentos, El abuelo del rey, Figuras de la Pasión del Señor* y *Dentro del cercado* en *Tomo II*, de *Obras Completas*, de la Fundación José Antonio de Castro, de 2006.

[11] Op. ctda. en 6.

por la reja, del llano maduro; humo de la sangre oculta en la tierra y de las raíces que van caminando con jugo que se cuaja en árbol; humo de distancias de andadura, de lejanías de memorias, de vaho de almas, de una emoción que cae en la paz, y de esa paz herida sale el aliento que estaba dormido; así humea la calma de las puestas de sol cuando tiembla desnuda nuestra vida. Humo que lo estremece todo. Una quietud en la que siempre hay la abeja de una palabra que abre, que rasga el gran silencio. De este humo dormido irán emergiendo los contornos, los rasgos, los ápices, los caminos y caminantes que ahora vemos desde nuestra linde, desde nuestro portal...».[12]

He querido anotarla en su integridad porque si la comparan con el liminar impreso por Atenea ya como libro, en 1919, y repetido en las posteriores ediciones —incluida esta—, advertirán de inmediato cómo Miró, en aquellas cuartillas de enero de 1918, entregadas a *La Publicidad*, trataba de explicitar —y quizá también explicitarse— con sucesivos tanteos qué era ese inefable *humo dormido*.

• El segundo apartado comprendería los cuatro capítulos titulados «Nuño el viejo», «Don Marcelino y mi profeta», «El enlutado y el perejil» y «Las gafas del padre». Son provocados por recuerdos de su infancia alicantina y de su internado en el colegio de Santo Domingo de Orihuela. Asoma, por tanto, en todas estas *estampas* un eco a memorias, pero como Miró había advertido en el prólogo, es simplemente un vago, vaguísimo, trazo donde apoyar una narración, tanto como para escamotear el nombre de su ciudad y del colegio oriolano. El escritor trata, antes que recordar una anécdota personal, rescatar con una atmósfera, con ese *humo dormido* de lejanías, un recuerdo similar y, a la vez, emocionado en el lector.

---

[12] Miró, G. (28 de febrero de 1918). El humo dormido: El humo. El órgano. El Hidalgo. El desconocido. *La Publicidad*. p. 3.

• La tercera sección agrupa los siguientes seis artículos: «La sensación de la inocencia», «Mauro y nosotros», «La hermana de Mauro y nosotros», «Don Jesús y la lámpara de la realidad», «Don Jesús y el Judío errante» y «El alma del Judío errante y don Jesús». En los primeros tres capítulos de este grupo de *escenas* debemos adivinar, con los escasos rudimentos que se mencionan, el reciente aposento de la familia del ingeniero Juan de Dios Miró Moltó en Ciudad Real y a un Gabriel apenas llegado a la adolescencia, mientras en los tres siguiente se produce un viraje con la aparición absorbente de don Jesús. ¿Pero quién es este don Jesús, protagonista de este trío de cuentos claramente consecutivos sobre un libro de pretendidas memorias de un jovenzuelo Gabriel Miró?

Se trata de un terrateniente local, miembro de una tertulia compuesta por un canónigo, un profesor de historia natural y un magistrado, de talante vehemente y de ideas liberales opuesto, con su relativismo, a los solemnes y tajantes juicios del resto de la tenida. Contra a aquellos «varones de apacible prudencia y virtud que se vuelven y atienden a un lado y a otro; después se acomodan en sus butacas, y parece que interiormente se enregacen también en un asiento ancho y mullido, y cierran los ojos y con ellos cierran la puerta de sí mismos, dejándose fuera al mundo de los demás»;[13] don Jesús defiende «lo distante o lo confuso de cada corazón, empezando por el mío»;[14] es más, Miró pone en su boca el propósito del libro entero cuando pronuncia: «nadie se burle de estas realidades de nuestras sensaciones donde reside casi toda la verdad de nuestra vida».[15]

En cuanto al mencionado Judío errante, es un inglés solitario y silencioso, aparecido en la ciudad como un

[13] p. 97 de la presente edición.
[14] p. 96 de la presente edición.
[15] p. 92 de la presente edición.

vagabundo pero de aspecto atildado, que practica una costumbre asilvestrada: bañarse desnudo en las pozas y albercas del contorno, a quien don Jesús, compañero y confidente durante sus paseos, trata de conseguirle, sin éxito, alumnos. Su figura, también innominada como tantas circunstancias de estas páginas, se bambolea entre el viejo y maldito mito del apodo, el Judío errante, encasquetado por el paisaje, y su lectura compartida con don Jesús del *Quijote*, como una señal de su tácita e insondable ironía; por tanto, representa el viejo sabio contemplado por todos alguna vez en algún lejano rincón de nuestro pasado y, luego, olvidado lastimosamente. El resto es la breve y mortal peripecia y el rastro vaporoso en el *humo dormido* que nos sobrecoge «viendo en ese solitario una semejanza con nosotros, como si llevara nuestra sangre o nuestro pensamiento, un pensamiento que pudo ser nuestra carne nueva, y le dejamos perderse para siempre desnudo, en un camino sin posada. Así llega a sentirse la compasión de nosotros, oyéndonos caminar en la distancia».[16]

• La cuarta y última sección de la primera parte comprende una última *estampa*: «El oracionero y su perro», donde se relata una anécdota rural absolutamente independiente del resto, a propósito de la malaventura del simpático podenco de un ciego. Hunde, como su antecesora sobre el desmerecido fallecimiento del supuesto Judío errante, al lector en un laconismo y remata esta docena de *viñetas* —o propiamente *El humo dormido*— como un triste bordón sobre los irreparables errores humanos.

La segunda parte de *El humo dormido* es la mencionada «Tabla»; compuesta por diez capítulos; siete dedicados a la Semana Santa —uno a cada día; partiendo del Domingo de Ramos y concluyendo el Sábado Santo— y tres a celebraciones señaladas del santoral cristiano español:

[16] p. 96 y 97 de la presente edición.

la Ascensión, san Juan Bautista, san Pedro y san Pablo, y Santiago apóstol.

Es ineludible; los episodios sobre la Semana Santa nos recuerdan su celebrada *Figuras de la Pasión del Señor*; sin embargo, en cuanto se inicia su lectura, estas *estampas* denotan una naturaleza diferente, por su urdimbre e intención, de aquellos relatos sobre los personajes intervinientes en el martirio de Cristo. Y no es tanto por no alcanzar la amplitud novelesca de *Figuras de la Pasión*, sino por tratarse de descripciones de esas festividades religiosas a través de dos planos narrativos; por un lado, un boceto mironiano de las ceremonias celebrativas donde había participado entre los devotos y, por otro, una recreación narrativa de los hechos según los textos sagrados. El contraste de ambos mundos —el ritual visto por el escritor y la legendaria y sacra literatura—, le permite a Miró evidenciar un poso esencial y a la vez remoto de la piedad cristiana; o sea, palpable tanto en los oficios litúrgicos vividos por el autor como auscultado en los venerados hechos transmitidos por las páginas evangélicas. Ese poso común y vago, ese hálito persistente en ambos planos de estas *estampas*, es cuanto nos queda tras su lectura; es su *humo dormido*.

Les apuntaré, además, que las *viñetas* o *tablas* correspondientes a la Semana Santa fueron traducidas por su amigo Valéry Larbaud con Noémi Larthe al francés; versión, pese a su brevedad, publicada sucesivamente en 1923, 1925 y 1938 [17] en ediciones muy singulares, la última de ellas para un público exquisito por sus ilustraciones y formato, además de restringida a ciento treinta ejemplares.

---

[17] *Semaine Sainte*, en *Intentions*, 1923; *Semaine Sainte*, en Les Cahiers Nouveaux, aux éditions du Sagittaire, chez Simon Kra, 1925; *Semaine Sainte*, «imprimé pour les XXX de Lyon» (París, Talleres de Daragnès), 1931; edición de lujo, de 130 ejemplares.

Se podría resumir con la dedicatoria a Gabriel Miró de Jorge Guillén cuando publicó *Cántico* (1928): «el único gran poeta que no quiere serlo»; aunque estas emocionadas palabras no expliquen apenas nada de esa hiperestesia condensada en prosa que es su escritura y, sobre todo, su admirable voluntad para acometerla. Por tanto; debo abundar en el asunto y para ello situarme en la eclosión estética surgida con el Modernismo a principios del siglo XX, cuando los prosistas españoles, como ha señalado Carlos A. Longhurst, emprenden una renovación desde su «*interest in style and expression, instigated by what they saw as the clichéd rhetoric of Restauración prose*».[18] O dicho de otro modo y situándonos en el género novelístico; se suscita una desconfianza por los postulados del naturalismo como la exacta manera de relatar; es decir, emerge una duda sobre ese propugnado objetivismo realista como la expresión más veraz de lo humano; materia singularísima, claro es, de cualquier narración.

Ya en Azorín con *La voluntad* y en Baroja con *Camino de perfección* (ambas de 1902), y en Valle-Inclán con las *Sonatas* (1902-5) —estas últimas anticipadas por entregas en *Los Lunes* de *El Imparcial*— tropezamos con los primeros y mejores ejemplos de esta revuelta estilística. Momento, además, cuando un veinteañero Gabriel Miró edita su primer relato largo, *La mujer de Ojeda* (1901). Pero esta revisión estética no se atiene solo al modo de escribir, sino avanza hasta encontrarnos, una década más tarde, con el artículo azoriniano «El fracaso de los géneros»,[19] tan explícito en su título.

---

[18] Longhurst, C. A. (2006). Telling Words: Unamuno and the Language of Fiction. *Bulletin of Spanish Studies*, 83.1. p. 126.
Traducción mía: «interés por el estilo y la expresión, instigado por lo que vieron como la retórica cliché de la prosa de la Restauración».

[19] Azorín (20 de noviembre de 1912) El fracaso de los géneros. *ABC*. p. 6.

Para entonces, Miró ha abandonado cualquier remilgo de realismo y ha iniciado, sobre el sensualismo modernista, su propio camino expresivo con *Las cerezas del cementerio* (1910), fortalecido por el premio *El Cuento Semanal* obtenido por *Nómada* en 1908. Y dará un paso más y decisivo con *La señora, los suyos y los otros* (1912), al trasladar, insólita y novedosamente, el polo del relato desde el protagonista hacia el espacio circundante; así Boraida (trasunto literario del pequeño pueblo de Adzaneta, cabe Albaida), será quien actúe de manera determinante y casi protagónica sobre el personaje principal; del mismo modo sucederá con Serosca (transmutación de Alcoy) en su siguiente título, *El abuelo del rey* (1915) o, posteriormente, con Oleza (literaturización mironiana de Orihuela) en *Nuestro Padre San Daniel* (1921). Y si Azorín, en el artículo antes mencionado, reivindicaba el peso de la subjetividad; es decir, la presencia explícita del autor en la trama como señal innovadora de toda obra prosística de su época, por cuanto disolvía las lindes entre la novela, la crónica y, por descontado, las memorias; la apuesta mironiana —o si prefieren, el avance— en su manera de abordar el relato consiste en la permuta, como protagonista, del sujeto por la circunstancia, cuya aplicación en *El humo dormido* es aún más arriesgada pues el «yo narrador» —quien rememora estas *estampas*— se disuelve en el «nosotros» —o sea, en los lectores—. Y es que Miró aspira —recuerden la indefinición espacio temporal señalada en páginas anteriores— a *despertar* esa misma sensación emocionante —el motivo medular de cada cuento— en el *humo dormido* de todos sus lectores. Un empeño, como ven, idéntico al de todo poeta que pretenda serlo; de ahí lo atinado de la dedicatoria de Jorge Guillén en *Cántico*.

A la par, nos surge su tratamiento de la palabra, reprochado por Ortega en su crítica publicada en *El Sol* sobre *El obispo leproso* (1926): «… Cada frase está hecha a tórculo. Cada palabra, ensamblada con las vecinas, y luego, pulida la coyuntura. Y no hay línea que suba ni que baje en la página: todo el libro conserva la misma ardiente tensión, idéntico cuidado, pulso y pulimento. Tanto, que acaso este son persistente de prima hiperestesiada colabora a la fatiga, no dejando respiro: la perfección de la prosa es en Miró impecable e implacable»;[20] ante lo que Miró responderá en una inédita hasta hace poco meditación «sin la carne y la sangre de la palabra no puedo ver la realidad».[21] Sentencia que completo con las siguientes frases extraídas de la única conferencia que Gabriel Miró impartió durante su vida, en el Ateneo Obrero de Gijón, el 5 de abril de 1925, con el título *Lo viejo y lo santo en manos de ahora*: «Emoción de lugares, de tiempos, de gentes... Sensación de "aquello", emoción de "aquello", pero no su traslado». Como ven, siendo muy consciente, como el resto de narradores de su tiempo, de graves carencias del realismo para novelizar, pues la escrupulosa descripción realista no podía —como Miró dijo en Gijón— *trasladar* la experiencia humana; sea la más inmediata, la cavilación íntima del personaje; sea el paisaje, pues siendo contemplación del personaje o del narrador, lleva implícitos en la mirada los sentimientos que provoca; debía buscarse, pues, un nuevo uso de las palabras sentimental y sensitivo a la vez con la pretensión de abarcar lo humano en su plenitud; por tanto, un lenguaje preñado de hiperestesia, como le censuró Ortega.

Empeño elaborado por un personalísimo proceso mental, que su amigo Óscar Esplá nos expone durante el prólogo a *El humo dormido* y otras obras con «unas dotes de observación que en Miró rayaban en lo inverosímil. Observación sintética que se resumía en el rasgo más

---

[20] Ortega y Gasset, J. (9 de enero de 1927). *El obispo leproso*. Novela por Gabriel Miró. *El Sol*.

[21] Miró, G. (1982) *Sigüenza y el mirador azul y Prosas de «El Íbero»*. King, Edmund L. (ed.). (p. 110). Madrid: Ediciones de la Torre.

genuino de lo observado y que se tornaba analítica, vuelta introspectivamente hacia la conciencia, y deducía remotas afinidades sensorias entre las impresiones que nos llegan por rutas diferentes. De aquí la fragancia intuitiva, la hondura suasoria de las descripciones; y de aquí, también, esa eficacia de la imagen que ilumina, como un relámpago, la raíz sentimental de la realidad que interpreta hasta parecer su única expresión. Y lo es, en efecto; imagen perfecta que deja vibrantes de verdad estética a las cosas», y el eminente músico añadirá más adelante: «… Por eso, la trama de los asuntos del formidable escritor se diluye en la grandeza de lo total de su obra, que es su paisaje — que siente, que destila la emoción de su propio existir— en función del cual se perfilan y definen las almas, humildes o soberbias, de sus personajes. El impulso que a éstos mueve no se engendra siempre en ellos mismos, viene, más bien, de aquella gran corriente de vida y humanidad concentradas que, como un viento cósmico, traspasa y anima a la naturaleza entera en el arte de Miró».[22]

De modo que no pueden resultarnos extrañas sino corroborantes las palabras de Jorge Guillén: «No hay paisajista más fuerte que Miró en la literatura española», para precisar: «sin el hombre no existe [el paisaje]. Para nosotros sólo existirá humanizado»;[23] a la que cabe agregar las de Pedro Salinas cuando dice del paisaje mironiano que encierra «un alma propia, un querer ser así y no de otro modo, una individualidad latente y prisionera. Y desde el momento que algo tiene alma, es humano».[24]

[22] Miró. G. (1930) *El humo dormido, El ángel, el molino, y El caracol del Faro.* *Vol. VIII* de *Obras Completas*; «Gabriel Miró (impresión sobre un artista y su obra)», prólogo de Óscar Esplá. (p. XV-XVI y XVIII). Barcelona: Amigos de Gabriel Miró.

[23] Guillén, J. (1972) *Lenguaje y poesía.* (p. 153). Madrid: Alianza.

[24] Miró. G. (1936) *Libro de Sigüenza.* *Vol. VII de Obras Completas*; Prólogo de Pedro Salinas. (p. XV). Barcelona: Amigos de Gabriel Miró.

Para tal fin, Miró como Azorín se afana por escoger la voz designativa exacta, mas, como acabamos de ver, con la ambición de superar lo meramente descriptivo — empeño del preterido realismo— hacia una humanización de la geografía y aun más allá, del cosmos; ¿o acaso apenas comenzada esta obra no escribe «una palabra recordada lo va abriendo y lo estremece todo»?[25] Tarea que le impone un acopio asombroso del español, como si lo necesita, de solecismos regionales, y a veces, de latinismos o, incluso y como Unamuno, de neologismos; su cosecha de voces no tiene límites porque hay «emociones que no lo son del todo hasta que no reciben la fuerza lírica de la palabra, su palabra plena y exacta».[26]

EL TIEMPO, COMPONENTE INELUDIBLE DE *EL HUMO DORMIDO*

En la *estampa* «La hermana de Mauro y nosotros», Miró escribe: «… hay episodios y zonas de nuestra vida que no se ven del todo hasta que los revivimos y contemplamos por el recuerdo; el recuerdo les aplica la plenitud de la conciencia».[27] Así, el paso del tiempo y, si me apuran, hasta su olvido se hace imprescindible para encontrar el exacto significado de los hechos en nuestra biografía y tal suceso, ese dotarles de su auténtico valor emocional o moral, se producirá durante su rescate donde juega, evidentemente, un papel casi taumatúrgico la palabra con que los revivamos; una palabra, como vimos arriba, «plena y exacta». A este respecto el profesor Edmund L. King aún va mas allá cuando afirma que para Miró «la verdad del argumento no es independiente de la experiencia. Sin experiencia no

---

[25] p. 31 de la presente edición.

[26] p. 82 de la presente edición.

[27] *Ibídem.*

existiría, y no se puede expresar de una manera significativa sino a través de la evocación de la experiencia de la cual deriva su carácter como algo real».[28] Por tanto, como real, algo susceptible de ser compartido; tesis expuesta por la profesora Roberta Johnson cuando sostiene «*memory is not in Miró's view, a personal and solipsistic phenomenon; it is an event in which self and other fuse*».[29]

Pero todo recuerdo lleva implícito el transcurso del tiempo, y siendo en *El humo dormido* su gran *leitmotiv* la evocación del recuerdo propio con tal arte que provoque uno semejante emocionalmente en el lector; o sea, universalizar lo íntimo a través del ejercicio literario, convierten la presencia del tiempo en un asunto ineludible cuando se quiere ponderar esta obra más allá de lo estrictamente gramatical.

Como consecuencia, reparar aquí en el tiempo nos remite hacia las motivaciones de Gabriel Miró previas y, a la vez, abarcantes de toda la escritura de este tomo; esas que, juzgándolas todavía inefables, escondió bajo el poético y enigmático título: *El humo dormido*, y para cuya primera determinación Miró redactó aquel preliminar de la serie, impreso el 28 de febrero de 1918, en *La Publicidad*, y que, al año siguiente, al componer el libro, sintetizó notablemente, como si hubiese metido ese «humo que lo estremece todo»[30] en un pequeño frasco. ¿No sucedería que, con el curso de los artículos, Miró ya había delimitado

---

[28] Op. ctda. en 6.

[29] AA. VV. (1986) *Selected proceedings of the Mid-America Conference on Hispanic Literature. Voice and Genre in Gabriel Miró's* «El humo dormido». Roberta Johnson. (pp. 41-51). Lincoln (Nebraska): Society of Spanish and Spanish-American Studies.
Traducción es mía: «memoria no es, en opinión de Miró, un fenómeno personal y solipsista; es un acontecimiento donde el yo y el otro se fusionan».

[30] Ver nota 12.

con exactitud qué era el *humo dormido*? ¿O simplemente esta reducción quiere enfatizar lo poético y lo enigmático de la prosopopeya el *humo dormido*? Más bien me inclino por responder afirmativamente a la primera pregunta. No obstante; si substituimos *humo dormido* por la palabra hálito o por la casi religiosa espíritu, todo se desvela, mientras se nos abre la puerta de otra disciplina hasta ahora ajena a estas páginas: la Metafísica. Recuerden al caso las pertinentes frases de Esplá en su prólogo a esta obra: «aquella gran corriente de vida y humanidad concentradas que, como un viento cósmico, traspasa y anima a la naturaleza entera».[31]

Pero Miró no eligió ninguna de estas voces —hálito o espíritu— ni tampoco memoria para señalar esa gran corriente, sino *humo dormido*, cuando, naturalmente, se refería a la memoria pero compartiendo un «status *of primary reality with language*».[32] Una realidad elemental y por tanto solo invocable por la palabra «plena y exacta», y cuyo sentido último y radical —el único capaz de ser compartido por los lectores— se lo otorga el paso del tiempo o la «experiencia» en términos del profesor King.

Ahora bien; si en lugar de hálito o espíritu, yo hubiese elegido vivencia, inmediatamente ustedes hubiesen advertido una cierta familiaridad entre el convencimiento de Miró sobre esa «memoria prístina y común» y la fenomenología de Edmund Husserl. ¿O acaso Husserl no estaba convencido de poder llegar a los conceptos fundamentales del hombre o de la Filosofía —como prefieran— transcendiendo la mera subjetividad? Es más; nos dice: «*Man braucht es nur auszusprechen, und jedermann muß es anerkennen: daß der intentionale Gegenstand der*

---

[31] Ver nota 22.

[32] Ver nota 29.
Traducción mía: «*status* de realidad primaria con el lenguaje».

Vorstellung derselbe ist wie ihr wirklicher und gegebenenfalls ihr äußerer Gegenstand und daß es widersinnig ist, zwischen beiden zu unterscheiden».[33]

Solo que para acceder a estos *objetos intencionales* —así los llama Husserl—, correlatos necesarios de las vivencias, debemos despojarnos de todo psicologismo con la llamada reducción eidética. Y pese a compartir esa noción: la posibilidad de unos *objetos intencionales* en el pensador moravo y unas realidades universales tras el *humo dormido* en el escritor alicantino; ambos difieren en el método para su indagación. Mientras Miró confía en la evocación —suscitárselos al lector— con la palabra «plena y exacta», por tanto, con un ejercicio de *pericia poética*; Husserl, por su parte, propone esta reducción eidética —este desnudarse de lo coyuntural y biográfico—; procedimientos, pues, muy distintos para la determinación de los últimos y esenciales significados de las «cosas»; o si prefieren, de las «cosas mismas».

Sin embargo; aun difiriendo en el método, resulta extraordinario que Miró compartiese —cuando no hay constancia de alguna influencia del padre de la fenomenología sobre nuestro autor— la intuición con Husserl de esas realidades radicales y objetivas, cuando incluso solo puedan evocarse imaginariamente,[34] pues aguardan ocultas tras el

---

[33] Husserl, E. (1984) *Husserliana. Vol. XVIII Logische Untersuchungen. Zweiter Band. Untersuchungen zur Phänomenologie und Theorie der Erkenntnis*, (p. 529) La Haya: Martinus Nijhoff.
Traducción mía: «Basta decirlo y debe reconocerse: el objeto intencional de la idea es el mismo que su objeto real y a menudo externo, por tanto, es absurdo distinguir entre ambos».

[34] Observese que dice Husserl: «*Die Evidenz der cogitatio lehrt mich doch, dass die Phantasien und demgemäss auch die Phantasmen wirkliche Erlebnisse sind. Die Phantasmen sind doch in Wahrheit ein Gegenwärtiges, gegenwärtige sinnliche Inhalte, und als Teile von Realitäten selbst real*». En *Husserliana; Vol. XXIII. Phantasie, Bildbewußtsein, Erinnerung*. Dordrecht: Kluwer Academic Publishers. 1980. p. 77-8.
Traducción mía: «La evidencia de la *cogitatio* ciertamente me enseña que las fantasías y, por consiguiente, también los fantasmas son vivencias

humo dormido a la palabra «plena y exacta» para *despertar*. Es más; ambos manejaban en el seno de sus indagaciones la presencia de una *condición* esencial y posibilitante: el tiempo. Tanto es así que Husserl realizó sobre el tiempo su única reducción fenomenológica, porque «... Nur im originären Zeitbewußtsein kann sich die Beziehung zwischen einem reproduzierten Jetzt und einem Vergangen vollziehen»[35], empeño definitorio que si se remonta en el pensamiento occidental a Agustín de Hipona, podríamos ver plasmado coetáneamente a Husserl en la gran novela de Marcel Proust o en las de Virginia Woolf *El cuarto de Jacob* (1922), *La señora Dalloway* (1925), o *Al faro* (1927).

En cambio, Miró consideró al tiempo en *El humo dormido* inherente al acto de recordar, porque solo mientras se rememora —o sea, tras el paso del tiempo—, las experiencias son susceptibles de ser *despertadas* en su verdadero y universal sentido —o en su realidad última y común—; acontecimiento perseguido por cada una de las *estampas* de este libro. En definitiva; en Miró, el tiempo, en su otorgar lejanía al suceso, le confiere, a su vez, la experiencia imprescindible al sujeto —sea el escritor o sea el lector— para invocarlo con la certeza de *despertar* su verdadero significado en la existencia.

ÚLTIMAS CONSIDERACIONES

Solo me resta en esta invitación anotar el afecto demostrado a *El humo dormido* por algunos nombres

---

reales. Los fantasmas son algo en verdad presente, contenidos sensibles presentes; y, como parte de la realidad, ellos mismos reales».

[35] Husserl, E. (1966) *Husserliana. Vol. X. Zur Phänomenologie des inneren Zeitbewusstseins (1893—1917)* (p. 51) La Haya: Martinus Nijhoff. Traducción mía: «Solo en la conciencia original del tiempo puede tener lugar la relación entre un ahora reproducido y un pasado».

señeros de nuestra literatura para que ustedes ponderen la alta factura artística de las páginas que siguen. Por ejemplo; Jorge Guillén recuerda cómo «cada día leemos nuestro evangelio, el Evangelio según san Gabriel, el del *Humo dormido*»,[36] o Dámaso Alonso que «cuatro o cinco muchachos fervorosos leíamos y comentábamos en voz alta trozos del *Libro de Sigüenza* o de *El humo dormido*»,[37] pues este gran filólogo y entonces incipiente poeta, consideraba como otros miembros de su generación, la del 27,[38] a Gabriel Miró como un gran guía en la tarea del pulir versos, solo que Miró los plasmaba «en prosa».[39]

Gabriel Miró, por su parte, dispensó una enorme simpatía hacia aquel grupo de muchachos y jóvenes profesores dados a una poesía entonces vanguardista — hoy, casi inexcusable—; basta saber que sin su respaldo desde su puesto como Auxiliar competente artístico y literario para la organización de Concursos Nacionales de protección a las Bellas Artes no hubiese sido posible el homenaje en Sevilla por el tricentenario de Góngora; acto inaugural y bautizador del grupo poético, pues se celebró el 17 de diciembre de 1927. Tal es así que le remitieron una postal desde allí que decía: «Todos participamos en la admiración y cariño a Sigüenza», firmada por Guillén, Alberti, Lorca, Alonso, Bergamín, Diego, Villalón y Pepín

---

[36] Guillén, J. (1970) *Breve epistolario. En torno a Gabriel Miró.* (p. 125). Madrid: Arte y Bibliofilia.

[37] Alonso, D. (1969) *En Poetas españoles contemporáneos.* «*Gabriel Miró en mi recuerdo*». (p. 149). Madrid: Gredos.

[38] Véase por ejemplo entre Gerardo Diego y José María de Cossío el *Epistolario. Nuevas claves de la Generación del 27.* (Alcalá de Henares: Universidad-FCE, 1996), o el citado prólogo de Pedro Salinas al *Libro de Sigüenza* en la nota 27; o el agradecimiento de Alberti en las páginas 198 y ss. de *La arboleda perdida* (Barcelona: Seix Barral, 1981).

[39] Op. ctda en 34, p. 149.

Bello.[40] Añadiré, además, sobre este particular que Gerardo Diego reconoció su deuda con Miró en el fomento de su interés por Góngora, cuando le envió un ejemplar dedicado de su *Antología poética en honor de Góngora* (1927), agradecimiento imitado por Dámaso Alonso, cuando también le mandó, dedicado, un ejemplar de su desveladora edición de las gongorinas *Soledades* (1927).[41] Pero más allá de esta vinculación entrañable y cuya plasmación en los sucesivos artículos y estudios de estos poetas que fue determinante para la interpretación posterior de la obra mironiana, *El humo dormido* encierra unos valores tan innovadores en su tiempo que casi se diría que reclamaba un nuevo lector. Ese lector exigido por los relatos de sus contemporáneos Marcel Proust y Virginia Woolf,[42] de quienes cuando escribe estas páginas Miró carecía de toda noción. Hermandad de sensibilidades narrativas que muy pocos críticos españoles —acaso Gómez de Baquero y pocos más—, señalarían,[43] aunque ya en 1928, cuando, al menos, Proust era un autor muy comentado entre los intelectuales españoles.

Por todas estas virtudes, leer *El humo dormido* es una experiencia luminosa que ahora pueden emprender; disfrútenla.

[40] Guillén, J. (1970) *En torno a Gabriel Miró. Breve epistolario.* (p. 137). Madrid: Arte y Bibliofilia.

[41] Macdonald, I. R. (1975) *Gabriel Miró: His Private Library and His Literary Background.* (p. 205-227). London: Tamesis.

[42] Es imposible que este Gabriel Miró conociese la novelística de Virginia Woolf pues su primer texto de madurez creativa, *El cuarto de Jacob,* data de 1922, mientras que *En busca del tiempo perdido* (1913-1927), de Marcel Proust, se estaba editando en ese momento.

[43] Gómez de Baquero, E. (2 de julio de 1928) Letras e ideas. Sigüenza y Miró. *El Sol.*

El humo dormido

A Óscar Esplá

De los bancales segados, de las tierras maduras, de la quietud de las distancias, sube un humo azul que se para y se duerme. Aparece un árbol, el contorno de un casal; pasa un camino, un fresco resplandor de agua viva. Todo en una trémula desnudez. Así se nos ofrece el paisaje cansado o lleno de los días que se quedaron detrás de nosotros. Concretamente no es el pasado nuestro; pero nos pertenece, y de él nos valemos para revivir y acreditar episodios que rasgan su humo dormido. Tiene esta lejanía un hondo silencio que se queda escuchándonos. La abeja de una palabra recordada lo va abriendo y lo estremece todo.

No han de tenerse estas páginas fragmentarias por un propósito de memorias; pero leyéndolas pueden oírse, de cuando en cuando, las campanas de la ciudad de Is,[1] cuya conseja evocó Renan, la ciudad más o menos poblada y ruda que todos llevamos sumergida dentro de nosotros mismos.

[1] Ver nota 2 del prólogo.

Limitaciones

Los domingos se oía desde una ventana el armónium de un monasterio de monjas; pero se oía muy apagado, y, algunas veces, se quebraba, se deshacía su dulzura: era preciso enlazarla con un ahínco de imaginación auditiva. Pasaba el ruido plebeyo de la calle, más plebeyo entonces el auto que la carreta de bueyes; pasaba toda la calle encima del órgano; y como era invierno, aunque se abriesen los postigos, las vidrieras, toda la ventana, quedaban las ventanas monásticas cerradas, y luego el plañido del viento entre los árboles de la huerta de las monjas. Había que esperar el verano que entreabre las salas más viejas y escondidas; así se escucha y se recoge su intimidad mejor que con las puertas abiertas del todo; abrir del todo es poder escucharlo todo, y se perdería lo que apetecemos en el trastornado conjunto. Y llegó el verano y la hora en que siempre sonaba el armónium celestial: la hora de la siesta; inmóviles y verdes los frutales del huerto místico; el huerto entornado bajo la frescura de las sombras; la calle, dormida; todo como guardado por un fanal de silencio que vibraba de golondrinas, de vencejos, de abejas...Y no se oía el órgano; había que adivinarlo del todo. La monja música dormía la siesta. Lo permite el Señor. ¿Cómo podrá oírse la música del cielo que sigue piadosamente el mismo camino de la vida de los hombres?

Aprovechémonos de lo que pase y nos llegue a través de las ventanas cerradas por el invierno...

✦

¿De modo que nos limitaremos al invierno? Pero, ¿no sería limitarse más la espera del verano? ¡Si ni siquiera llegamos a nuestros términos! Tocar el muro, saberlo y sellarlo de nosotros significa poseerlo.

Limitados no es limitarse a nosotros mismos. Proyectémonos fuera de nuestras paredes.

Había plenitud en el sentimiento del paisaje del escondido Somoza, que confesaba no comprender más que el campo de su país, porque de este campo suyo de Piedrahíta se alzaba para sus ojos y sus oídos la evocación y la comprensión cifrada de todo paisaje.

...Entre el humo dormido sale ahora el recuerdo de la pintoresca limitación de un hidalgo de Medina.

Era viejo y cenceño, de hombros cansados, de párpados encendidos, y sus manos, de una talla paciente y perfecta, ceñidas por las argollas de sus puños de un lienzo áspero como el cáñamo. Bien se me aparece; él y su casona lugareña, casa con huerto. El huerto tan grande que más parecía un campo de heredad, con dos norias paradas; un camino de olmos como si fuese a una aldea; un almiar ya muy roído, y en la sombra de la paja, junto a la era que ya criaba la hierba borde, un lebrel enlodado dormía retorcido como una pescadilla, y, alguna vez, sacaba sus ojos húmedos y buenos del embozo de hueso de su nalga. Leña de olivera; un cordero esquilado paciendo en el sol de un bancal de terrones; ropas tendidas entre las avenas mustias; y de una rinconada de rosales, subía un ciprés rasgando el azul caliente.

El cincelado índice del caballero de Medina señalaba muchos puntos de la mañana en reposo: aquel campo binado, suyo; la rastrojera, también, y un rodalillo de maíz y un horno de cal entre las cepas canijas...

La casona, grande y muda como el huerto. Los viejos muebles semejaban retablos de ermitas abandonadas; había consolas recias y ya frágiles, arcones, escabeles, dos ruecas, floreros de altar, estampas bajo vidrios, una piel de oveja delante de un estrado de damasco donde no se sentaba nadie, lechos desnudos desde que se llevaron los cadáveres de la familia, y la cama de dosel y columnas del caballero, su cama aun con las ropas revueltas, de la que se arrojó de un brinco recrujiendo espantoso por la tos asmática de la madrugada... El comedor, que huele a frío y soledad, y, al lado, un aposento angosto y encalado, pero con mucho sol que calienta los sellos de plomo, los pergaminos, las badanas de las ejecutorias, de las escrituras, de los testamentos que hay en los nichos de la librería, en la velonera y hasta en los ladrillos; y penetraban en el aposento, quedándose allí como dentro de una concha, las voces menuditas y claras de las eras de Medina, rubias y gloriosas de cosecha, joviales de la trilla.

Vino un quejido de un artesón venerable que se iba rosigando a sí mismo.

Y le dije al caballero que yo sabía quién pudiera comprarle alguna consola, las ruecas, un aguamanil vidriado, los arcaces...

El hidalgo movió sus dedos como si oxeara mis palabras, y descogió manuscritos de fojas heráldicas; las había de maestrantes, de oidores de Chancillería, de un inquisidor cuyos eran los arcones y el aguamanil. ¡Sería inicuo vender las prendas de sus antepasados!

Cuando nos despedimos, pareciome que el caballero se volvía a su soledad para tenderse encima como una estatua de sepulcro. Pero la estatua, antes de acostarse en su piedra, se asomó al portal y me dijo:

—Lo que yo vendería es el huerto, la casa y todo de una vez.

... Un día vimos a un desconocido. Se dirá que a un desconocido le vemos todos los días; pero no le vemos, porque cuando levantamos los ojos de la tierra siempre queremos descansarlos en los de un amigo. Nunca pensamos, nunca reparamos en el desconocido. Al desconocido quizá no volvimos a verle más, ¡ni para qué habríamos de verle más! Pero al que conocemos, al amigo anónimo en nuestro corazón, ¿para qué apeteceremos verle tanto, si siempre recogeremos de él o le ofreceremos nosotros una reiteración de fragmento ya sabido?

Decimos: ¡Ya no volvimos a verle!, recordando al que se extravió para nosotros dentro de la vida o se hundió dentro de la muerte; y entonces es cuando le vemos prorrumpir del humo dormido, más claro, más acendrado, como no le veríamos teniéndolo cerca, que sólo sería repetir la mirada sin ahondarla, sin agrandarla, quedándose en la misma huella óptica que se va acortezando por el ocio.

Quiso el Señor que fuesen las criaturas a su imagen y semejanza, y no fueron. El Señor lo consintió; y las criaturas se revuelven porque el Señor no es su semejante, no imaginándolo siquiera con la humánica exaltación y belleza que imprimían los pueblos antiguos en sus divinidades. Se quiere al Señor semejante y a los hombres también; una semejanza sumisa, hospitalaria, una semejanza hembra para la ensambladura de nuestra voluntad.

Y un día se oyen unas pisadas nuevas que resuenan descalzas, cerca de nosotros; y nada hace levantar tanto la mirada como los pasos nunca oídos. Llegan a nuestras soledades... Casi todos se detienen y se juntan en el mismo sitio de nuestra alma; nosotros también nos paramos en la primera bóveda; alguno se asoma, y se vuelve en seguida al ruedo del portal; otro, avanza y se queda inmóvil y mudo delante de nuestro «doble», y allí se está hasta que se aburre y se duerme...

Han de sonar los pasos de un desconocido o los de un amigo que nos remueva todo, que evoque sin desmenuzar las memorias, que sea como la palabra creada para cada hervor de conceptos y emociones, la palabra que no lo dice todo sino que lo contiene todo.

Pasó el hombre desconocido. Caminaba como si se dejase todo el pueblo detrás; y casi todas las gentes, aunque les rodee el paisaje, caminan como si siempre pisaran el polvo de una calle; y él no; a él se le veía y se escuchaba su pie sobre la tierra viva, su pie desnudo aun a través de una suela de bronce. Seguía el mismo camino de los otros, y semejaba abrirlo; levantaba la piel y el callo de la tierra; y sentía la palpitación de la virginidad y, en lo hondo, la de la maternidad; pies que dentro de la huella endurecida de sandalias o de pezuñas, niñean su planta, troquelan el sendero y sienten un latir de germinaciones. Todo breñal en torno de sus rodillas lo que es asfalto liso para los otros hombres que llevan en sus talones membranas de murciélago o la serrezuela de la langosta, y si dejan señal la derrite un agua de riego, en tanto que, en la senda, la lluvia cuajará la huella del caminante que hiende su camino con la reja de su arado.

Siempre se alza ese hombre entre el humo dormido... Y el rumor de sus pisadas trastorna las palabras del *Eclesiastés*, porque sí que hay cosa nueva debajo del sol, del sol y de la tierra hollada; todo aguarda ávidamente el sello de nuestra limitación; todo se desgarra generoso y se cicatriza esperándonos...

NUÑO EL VIEJO

Todas las tardes nos llevaba Nuño al Paseo de la Reina. Nuño era el criado antiguo de mi casa. Llamábase Antón Nuño Deseáis; pero nosotros le decíamos Nuño el Viejo, porque tuvimos un mozo que también se llamaba Nuño. Nuño el Viejo había nacido en los campos de Jijona. Allí el paisaje es quebrado; los valles, cortos; los montes, huesudos; y todo es fértil. Es que los cultivos se apeldañan, y no se desperdicia la tierra mollar. Los labradores de Jijona sienten el ahínco agrícola del antiguo israelita. Su azadón y su reja suben a los collados, colgando los planteles de vides y almendros, y mullen el torrente y la hondonada para criar un bancalillo hortelano. Pero Jijona es más venturosa que Israel. Israel cuidaba amorosamente la tierra prometida por Dios, y los hombres extraños dieron en quitársela, y se la quitaron. Impedir que se cumpla una promesa es la misión de los que no resulten particioneros de su goce.

Hombres de Jijona, andariegos de todos los países para volver al suyo. Semejan probar que nada mantiene tanto la quimera del libre camino como sentir la propia raigambre. Todos los hombres de Jijona tienen un ansia de nómada, y todos suspiran por el reposo al amor de las parras que rinden los racimos de Navidad; todos, menos Nuño el Viejo. A nosotros, a mi hermano y a mí, nos decía que él también caminó mucho mundo, y nos lo decía llevándonos apretadamente de la mano, para que no nos fuésemos de su guarda, y llevándonos al Paseo de la Reina, donde todos iban a sentarse; paseo angosto, embaldosado, y en las orillas, a la sombra de los olmos, inmóviles como árboles de patio, los pretiles de bancos roídos; bancos y cigarras que ya conocían todas las voces y cataduras de las gentes.

Nuño el Viejo siempre se sentaba al lado de un hombre corpulento, de color de roca viva, con barba de rebollar ardiente que le cegaba los labios; de la breña salía la gárgola de su pipa; y encima del ceño se le doblaba el cobertizo de la visera de su gorra. Nos hubiera parecido un pedazo vegetal, sin el áncora que traía bordada en la gorra, un áncora de realce oxidado como recién subida de las aguas. Casi nunca hablaba ni nos miraba; sólo de tiempo en tiempo, chupando humo, envolviéndose de humo, murmuraba con una melancolía pastosa de hombre gordo: «¡Allá en las Carolinas...!». Y semejaba decirlo desde muy lejos, desde las Carolinas... Nosotros nos subíamos sobre el banco, y arrancábamos esparto de aquellas barbas tan rurales y tan limpias: hebras duras y retorcidas, azafranadas, amarillentas, musgosas, metálicas; y la peña sonreía sin boca y sin ojos, gigantescamente, mansa y resignada.

Nuño decía:

—¡Pues yo en la Mancha...!

Y nos quedábamos pensando en la Mancha, que la veíamos como un continente remoto, porque Nuño el Viejo estuvo allí, y porque la evocaba junto al hombre de las Carolinas.

De improviso, Nuño daba un brinco y un grito de pastor. Es que se le había escapado mi hermano. Yo deseaba que huyese mi hermano, sólo por sentir cruzada toda la tarde con la voz de Nuño el Viejo y el tropel de sus botas grandes. Se le inflamaban las mejillas, enjutas y peladas, y se hincaba más su gorro felpudo, de pellejo de tostada color, un gorro de ruso, que todavía traen los hombres antiguos de Jijona.

Mi hermano le evitaba protegiéndose de tronco en tronco; y Nuño, con los brazos abiertos, doblando los hinojos, cometía el candor elemental de ir a los mismos árboles que mi hermano iba soltando. Nuño el Viejo trasudaba y gemía, porque podía pasar un coche y aplastar a mi hermano. Pero no podía pasar ningún coche por el Paseo de la Reina; sino que en mi ciudad, tan sosegada, tan dormida en aquel tiempo, parecía que sólo pudiese ocurrir esa malaventura: que un coche, que un carro atropellase a un niño. «¡Por Dios, Nuño, los coches!» —le advertían en mi casa. Nuño el Viejo movía su cráneo de mayordomo y afirmaba: «¡Piensen que me los confían!». Era el criado fiel. Todos pregonaban su virtud. Cuando salíamos de viaje, a Nuño el Viejo se le confiaba la casa; y él desdeñaba cama y sillones en aposentos, y dormía atravesado detrás de la puerta, como un mastín de heredad. Un hombre honorable, en presencia de quien no le conoce, puede hasta por sencillez, por méritos de humilde, descuidarse de sus otras virtudes. En Nuño el Viejo no era posible este abandono. Estaba siempre acechándose su fidelidad, porque se sentía contemplado de todo un pueblo. Virtud más fuerte que la criatura que la posee; virtud exclusiva, y hasta con ella, principalmente porque es el descanso de los otros. Nuño era fiel, y lo demás se le daba por añadidura.

De olmo en olmo volvía mi hermano a nuestro asiento; después, llegaba Nuño con el trueno de sus botas y su grande susto y agravio que le exaltaba la faz y el gorro de pieles; gorro tan suyo, que cuando se descubría creíamos que se rebanaba medio cráneo por comodidad, pero el medio cráneo más jerárquico y significativo, su ápice, su sello y su insignia de mayordomo. Ver la gorra velluda en el perchero del vestíbulo era sentir a Nuño más cerca y más firmemente que si él la llevase. Con la gorra puesta, se le escapaba mi hermano, pero la gorra sola impedía la más desaforada y la más leve travesura. El gorro de Nuño el Viejo me ha explicado la razón y la fuerza evocadora de los símbolos y de muchos misterios.

Nuño, todavía jadeante, me señalaba avanzando
—¡Este es de otra pasta! ¡Cuando acabe sus estudios...!
Entre la borrasca de las cejas del hombre roblizo salía

su mirada sin vérsele los ojos; humeaba resollando la gárgola, y se oía muy hondo:

—...Y cuando acabe los estudios, a caminar... Allá en las Carolinas...

Pero Nuño, sin hacerle caso, mentaba la Mancha.

Las Carolinas y la Mancha principiaban para nosotros en el Paseo de la Reina, y se iban esfumando como tierras legendarias y heroicas. La Mancha, un poco fosca. Las Carolinas, entre claridad de barcos de vela.

Salían los chicos de los colegios; venían los gorriones a los olmos, y de una calle en cuesta, sumida, apagada, llegaba un gañido de tortura.

... Corríamos, pero cogidos de la mano de Nuño, y corríamos para asomarnos pronto a la calleja del clamor. Nos seguía, fumando, el hombre de la barba vegetal.

Siempre hallábamos lo mismo: todo solitario, y detrás de una reja, una mujer idiota y tullida; eran sus ojos muy hermosos, dóciles y dulces; sus mejillas, pálidas de mal y de clausura; sus cabellos, muchas veces retrenzados para contener el ímpetu de su abundancia; pero su boca, su boca horrenda como un cáncer; la boca del alarido de todas las tardes, desgarrada, de una carne de muladar, mostrando las encías, los quijales, toda la lengua gorda, revuelta, colgándole y manándole bestialmente... Me miraba muy triste y sumisa, y se le retorcía una mano entre los hierros, una mano huesuda, deforme, erizada de dedos convulsos; le temblaban los dedos como se estremecen los gusanos.

—¿Por qué grita la loca? —le preguntábamos a Nuño.

Nuño se quedaba cavilando.

—Grita por eso... porque está loca, y llamará a su madre, que es cigarrera y viene de la fábrica ya de noche...

—¿Y por qué grita todas las tardes?

Nuño se golpeaba contra el muro de su frente.

—¿Y por qué a vosotros se os ha de antojar que pasemos todas las tardes por el mismo sitio?

—¡Por ver a la loca!

—¿Por verla? ¡Por ver a la loca!... ¡Cuando tengáis estudios...!

Nos miraba todo el bosque del gigante, y su voz tupida como una lana iba barbotando:

—¡Estudios!... ¡Allá en las Carolinas...!

La loca se quedaba ensarmentada a la reja de la calle solitaria. Pasaba un murciélago tropezando, temblando en el azul tan tierno entre las cornisas hórridas, y cuando llegaba sobre la mano de la idiota, retrocedía espantadamente.

...Y una tarde no se escapó mi hermano; nos escapamos los dos del Paseo de la Reina; pero antes nos pusimos en presencia de Nuño, previniéndole de que queríamos marcharnos.

Quedose pasmado su gorro. ¿Irnos ya? ¿Era posible, no siendo la hora de siempre? La hora de siempre la señalaba el alarido de la loca, y la loca aun no había gritado. Los dos buenos hombres, el de las Carolinas y el de la Mancha se revolvían perplejos...

—¿No nos aburriríamos si nos fuésemos ya?

Sentían una ciega inquietud del tiempo de sobra. Se iban a dar cuenta de que les sobraba vida. Y no se movieron del banco. Pero nosotros vencimos a Nuño el Viejo por su punto frágil: su virtud; comprometer la virtud de su fidelidad. El predominio de una virtud constituye un riesgo de flaqueza. El concepto del justo es una medida, una exactitud matemática del bien, casi ignorada. Platón imaginó las suavidades de la *sophrosyne*;[2] nosotros conocemos la relatividad del justo que peca siete veces al día, aunque pueda pecar más o menos, según la justeza del justo, porque sin duda se adoptó el número 7 por su valor cabalístico. Y como Nuño el Viejo no era amigo de la *sophrosyne*, ni justo, sino un amenazado por su virtud

---

[2] sophrosyne: espíritu que Platón identificó con la armonía y la contención délfica.

43

culminante, nosotros nos escapamos. Todo el paseo retumbó de botas grandes. Nos volvimos para mirar. Sólo Nuño nos perseguía. Su amigo permaneció en el banco, porque aun no había gritado la lisiada. Y por eso, porque aun no había chillado, nos marchábamos nosotros: para ver el tránsito del silencio al grito. Como íbamos solos y huidos, no nos parecían los lugares los mismos de todos los días; y nos perdíamos; un pasadizo donde crepitaba un telar cansado pudo devolvernos al Paseo de la Reina. ¡Señor, y ya comenzaban a rebullir los chicos de las escuelas! Nos pasó alborotando un grupo mandado por un mozallón chato, que llevaba un Catecismo mugriento. Llegarían al portal de la loca antes que nosotros. ¡Y Nuño nos alcanzaba!... Resonó el gañir de la mujer. Empavorecía oírlo de cerca, porque se sentía el estridor de todo su cuerpo; todo su cuerpo como una lengua hinchada, babeante y herida.

Corrimos más. Y los dedos de Nuño se enroscaron como argollas a nuestros pulsos. Es que nos habíamos parado, mirando, mirando... El rapaz talludo, subido a los travesaños de la reja, botaba chafando con sus pies de hombre la mano crispada de la idiota; ella clamaba, y los otros cantaban. Y desde lejos, las buenas gentes decían:

—¡La loca grita; las cinco y media!

Nuño el Viejo se nos llevó arrastrándonos. Era la hora exacta. Nuño suspiraba:

—¿Pensabais perderme? ¡Pues si no os alcanzo, y os ven los chicos y os peleáis, y en aquel momento pasara un coche!...

Estuvimos enfermos. Cuando volvimos al Paseo de la Reina, ya no gritaba la loca. Una noche se la encontró muerta su madre.

Y del humo dormido sube siempre el clamor de la lisiada, entre alegría de chicos que salen del colegio. Las cinco y media de la tarde de entonces...

Don Marcelino y mi profeta

Cuando éste acabe los estudios —dijo muchas veces Nuño el Viejo—; y lo pronunciaba con amargura y todo del renunciamiento de su gloria profética, porque sólo un Simeón pudo tomar en sus brazos al Mesías. Me sentí emplazado por la encendida palabra de Nuño. Había de acabar mis estudios, y los comencé. Ya estaba en Colegio mi hermano; yo, no, por mi poca edad y salud; y vino maestro a casa. La primera tarde le aguardé con un sobresalto casi delicioso. Nuño interrumpía sus menesteres para decirme:

—Yo ya le he visto.

Iba a llegar el brazo de la profecía, el molde de mi mañana y plenitud, y con la carne viva de mi ansia, un ansia cuyos dejos todavía traspasan al humo dormido, le pregunté a Nuño que cómo era el maestro. Apartome Nuño, y junto a una vidriera, delante del mar, se quedó mirándome, y comenzó a doblarse descendiendo su cráneo.

—¿Que cómo es?... ¡Se llama don Marcelino!

Y marchose el profeta a limpiar las tinajas y la zafra, porque había de venir el cosario del Rebolledo que nos traía el aceite.

Volteó la esquila de la puerta. «No será don Marcelino» —me dije.

Y no fue. Nunca engañaba la campanilla de la cancela; su voz viejecita y aldeana se apresuraba a revelar el genio y aun la figura del que venía; su cordón rojo acomodaba dócilmente sus nervios de estambre a todos los temperamentos.

45

«¿Cómo tocará la esquila cuando llame don Marcelino?».
Y yo la miraba, esperando de ella más que de Nuño.
Han callado ya los esquilones que sonaban a ermita
y a casa, a nuestra casa; y ahora vibran los timbres, tan
prácticos y plebeyos, con impasibilidad de escritorio.
Y don Marcelino entró sin llamar, aprovechando la
salida del trajinero del aceite. Pasados los comedimientos
y saludos familiares, nos quedamos solos don Marcelino y
yo, y quise comenzar a verle; pero sin oír la esquila movida
por su mano se malograba la emoción del maestro; y estas
emociones rotas en su principio ya no alcanzan su entereza.
Nunca sabré cómo llamaba don Marcelino.
Asomose Nuño sonriéndonos.
—¿Qué le parece? Yo digo que cuando éste acabe...
El maestro movió su cabecita estrecha, que daba un
brillo de humedad.
—¡Sí, sí!
¿Le tendría sin cuidado que yo acabara los estudios?
Don Marcelino era menudo, de huesecitos tan frágiles
y decrépitos, que no semejaban originariamente suyos, sino
usados ya por otro y aprovechados con prisa para su cuerpo; y
cuando hablaba se oía su voz como un airecillo que atraviesa un
cañaveral renaciente. Yo siempre le miraba las manos, medroso
de que su voz le quebrase un artejo. Guiaba mi lección con la
uña de su meñique, una uña muy grande, y recordaba la de los
canarios, y bajo su tostada transparencia se me aparecía la cifra
o la palabra rebelde para mis ojos y mi lengua.
«El apasionado —he leído en Ribot, acordándome de
don Marcelino— se halla confiscado por su pasión; él es
su pasión; perderla sería dejar de ser él mismo». Pues don
Marcelino era sólo su uña, y sin ella no me imaginara a
don Marcelino. Sus ojos, gruesos y amargos, distraídos en
cavilaciones, únicamente mostraban fijeza acariciando su
uña casi virgen.
—¿Por qué miras tanto mi uña? ¿Es que le tienes
también miedo?

—¿También? ¡Yo, no!

—Por ella perdí lecciones; los chicos se quejaban a sus padres, y algunos quisieron que la recortase. Claro, prefería irme. ¡Recortarla! Es lo que más pertenece a mi voluntad. Ves larga esta uña porque yo he querido.

—¿Y si se le rompe?

Palidecían sus mejillas huecas, le temblaban las sienes y se acercaba a su vista el dedo de su predilección.

—Dime los grandes ríos de Asia —y seguía contemplando su uña.

Yo, por probarme que no me escuchaba, le decía los grandes ríos de Europa.

Nuño, de puntillas, de puntillas de sus botas gordas, pasaba para sonreírme y repetir la promesa de mis tiempos.

Sobre nosotros descendía la mirada de un retrato, un óleo grietoso, de un hidalgo enjuto, amigo de algún abuelo mío, con casaquín verde, chorrera como de espumas que le caían de la morena quijada, placa en el costado y guantes rígidos, cogidos delicadamente por su diestra pulida y nerviosa.

—¡Nos mira, y está ya muerto!

—¡Sí, sí; se ha quedado su mirada en este mundo; dura más que él!

Y don Marcelino se guardaba la uña, y después toda la mano, en la faltriquera de su gabancito de color de pan. Y se marchaba.

✦

Un día cortó el maestro la clase, y llevándome a la ventana, mostrome la casuca roñosa de una alfarería abandonada.

—Allí vivía una vieja con una tortuga y un gato...

—Si yo lo sé; es una que sale y da un puño de altramuces y un molino de papel a cambio de ropas y alpargatas casi podridas. Se rasca la miseria contra las paredes como las cabras...

—Pues ésa; y ahora la buscaba una comadre; estuvo llamándola, y entró y la vio atada y sentada en el lebrillo de los altramuces, con los oídos traspasados por un agujón... ¡Anda, vamos a escribir una fábula de Esopo con letra inglesa! Don Marcelino se miraba la uña; yo veía sobre mi plana a la mujer. Pasaba por las calles calientes de la siesta, levantando su hoguera de molinillos de colores; todos rodaban, llenos de sol y de brisa, con un fresco ruido y alborozo que dañaba surgiendo de aquella vida.

Y dije:

—No me sale la letra inglesa. ¡Vámonos a la playa y repasaremos lección de Gramática!

Lo consintieron en casa, y nos fuimos a la guarida de la abuela de los altramuces.

El portal y las bardas, bardas con vidrios y calabaceras velludas, se agusanaban de rapaces y mujeres de andrajos y desnudez pringosa. Penetramos en el tumulto y hedor de carne agria, de cabellos aceitosos, de vida cruda, de casta; gritos de fauces rojas, aliento de desolladura, risadas que parecían revolcarse en la sangre de los oídos clavados de la muerta. Disputaban imaginando su agonía: cómo debieron de agarrarla y trabarle las manos flacas y pajizas, que recordaban las patas de una gallina cocida; cómo le crujiría el pecho cuando le pusiera el asesino la rodilla para la fuerza de hincar la aguja. La aguja estaba doblada.

Me acongojé sintiéndome entre ellos, creyéndome entre ellos para siempre, chillando, sudando, oliendo lo mismo...Y para aliviarme me asomé al portal de la asesinada.

En lo hondo bullían unos hombres. Me dijeron que eran la Justicia. Yo nunca había visto la Justicia. Con el pie o con su bastón iban removiendo aquellos hombres todo el ajuar; harapos de mantas, cabezales, un cántaro sin asas, una escudilla de arroz, donde comería el gato y la vieja; una orza de engrudo, papeles ya cortados para los molinillos, tizones, esparteñas; todo lo hurgaban.

—¿Qué hacen?

—Es la Justicia... —me respondió don Marcelino.

—Bueno; pero, ¿qué hacen?

—Están buscando la verdad.

Desde la leja les acechaba el gato; junto a un cofín, la tortuga, inmóvil y cerrada bajo su bóveda, oiría el trastorno siniestro. Los dos guardaban la imagen de la verdad feroz. Participaron de la soledad del crimen sin interrumpirla, quedando a nuestros ojos como esculpidos en una estilización humana, porque llevan la angustia de un secreto de los hombres... Y ya los animales que viven en las casas trágicas, en las casas desventuradas, se quedan siempre mirándonos entre el humo dormido.

✦

...Llegó transfigurado de gozo y de sudor y tierra de camino.

—¿Os traen el aceite del Rebolledo? Pues de allí vengo. ¡No hay moza tan galana como María la del Rebolledo! Es hija de una lavandera, y estudia para maestra. Ya ves, ¡los dos maestros! Asomada a su reja me oía y tocaba un clavel ardiente; todo el sol de la calle olía a clavel, y era el único de la mata. Me pareció que dentro estaba toda la María del Rebolledo... Ya lo comprenderás más tarde. Y le pedí ese clavel. Se puso muy blanca, me miraba muy triste; pero tronchó el clavel y me lo dio con una gracia de santa y de princesa. ¡Toda la mañana por el Rebolledo con mi clavel!

Yo reparé en sus manos, en su mustio gabán, y le dije

—¿Y el clavel, don Marcelino? Crujieron todos los huesecitos de don Marcelino, y brincó palpándose las ropas.

—¡Me lo he dejado, me lo he dejado en el Rebolledo!

Y diose una puñada en la frente y exhalo un un alarido pavoroso, porque se había quebrado la uña de su meñique, su voluntad hecha uña...

✦ ✦

...Ya era yo grande; salí del colegio, y una dama devota me dijo la muerte de don Marcelino, advirtiéndome:

—No has de sentir que muriese, sino su perdición por sus malos pensamientos.

—¿Malos pensamientos?...

—Fue siempre un descreído y no quiso ni tierra sagrada para su cuerpo. ¡Murió descomulgado!

—Don Marcelino era un infeliz.

—¡Bien infeliz: tú lo dices, hijo! ¡Bien infeliz, que no escuchó la palabra de Dios!

—¿Y si no pudo oírla?

—¿Que no pudo oír la palabra que a todos llega? ¿No sabes que el Señor nos tabla aun por medio de sus criaturas? De ti mismo se valdría para atraerse a don Marcelino.

—¿De mí?

Y se me apareció mi lección entre el humo del pasado: don Marcelino me preguntaba los grandes ríos de Asia y yo le decía los de Europa. ¡Señor!...

✦

Siguió mi partida a la Facultad, y Nuño pudo también seguir anunciando mis días venideros. Entonces los hijos de España, de familias villanas y patricias, de labradores, de mercaderes, de menestrales, de viudas, de toda progenie y condición, toda la mocedad había de ser jurista. Era cuando se enumeraban y celebraban las muchas «salidas» que pueden deparársele a un abogado.

Repetíase el gozoso regreso de las vacaciones. Leíamos el *Idilio*, de Núñez de Arce.

El profeta, ya sin gorro velludo, y entonces veíalo yo más en su pelada frente; el profeta me hablaba de «usted», pero a hurto de todos me asía de los hombros para llevarme a su flaca mirada y pedirme:

—¿Cuándo acabas?...

La profecía trocose en pregunta. Y tuve que sucederle en la promesa, diciéndole:

—¡Cuando yo acabe...!

Aquí vino el recogerse entre libros, y el empezar los quebrantos, y el adolecerme de mis camaradas, los pobres licenciados sin «salida». Y Nuño siempre buscándome para decirme agoniosamente:

—¿Cuándo acabas?... ¡No ves cómo hay quien medra!

En aquel tiempo yo leía lo que Gracián escribiera para todos los tiempos, y aun mejor para los de hogaño: «[...] ya habla sobre el hombro el que ayer llevaba la carga en él; el que nació entre las malvas pide los artesones de cedro; el desconocido de todos, hoy desconoce a todos».

La edad y el asma rindieron a Nuño. Y sintiéndome a su vera, aun pudo romper el telo de sus ojos sumidos, que me preguntaron con una centellica fosforescente y húmeda: «¿Cuándo acabas?».

Yo me fingí muy brioso.

—¡Nuño, no te apenes, que yo acabé ya todo lo que tú aguardabas!

Y el profeta movió su cráneo, como si lo golpease amargamente al otro lado de los días prometidos...

La vega, tan lisa, tan callada, dejaba que se tendiese y llegase muy claro el silbo del tren; luego se sentía el ferrado estrépito del puente...

Los sábados, desde nuestro pupitre del salón de estudios, veíamos nosotros, escuchando, ese tren de Alicante. Sabíamos que cuando silbaba era su grito previniéndonos de que iba a precipitarse sobre el río. Se apagaba el estruendo; entonces, la pobre puente, quedábase fosca y vacía toda la noche, mientras el correo resollaba muy gozoso porque nos traía al padre.

No pudiendo mirarnos —que estaba prohibido volver la cabeza—, mi hermano tosía queriendo decirme en romance: «¡Ya viene!». Y yo tosía: «¡Ya lo sé!».— A poco, nos llamaba el Hermano Portero.

Desde la escalera de granito desnudo, oíamos el pisar reposado de mi padre, que esperaba en los claustros para besarnos antes.

Era muy tasada la visita de esa noche; y es la que más limpiamente sube del humo dormido. Nos vemos muy hijos; tocando y aspirando las ropas que aun traen el ambiente de casa y la sensación de las manos de la madre entre los frescos olores del camino. Le buscábamos los guantes, el bastón, lo íntimo del sombrero, todo como un sándalo herido. Le contemplábamos en medio de un arco claustral, sobre un fondo de estrellas y de árboles inmóviles de jardín cerrado.

De verdad reglamentaria la visita era el domingo; pero, entonces, había un rebullicio de familias, un lucir galas

las madres jóvenes y las hijas mozas, un trocar saludos, encoger y abrir corros, agradecer las tertulias ceremoniosas del Padre Prefecto, y esta vigilada alegría, en locutorio, y el presentirse ya el lunes y toda la rígida semana dentro de la fiesta, acabó por desaborar las horas buenas.

Pues para salir de nuestras sequedades nos hurtábamos de la sala y corríamos claustros, patios, pasadizos, aulas, huertos. A veces, se juntaban algunas familias, adelantándonos los chicos por la soledad académica, prometiéndonos peligros. Todavía nos exaltaba más pensar que buscábamos mundo y aventuras en nuestro edificio, pareciéndonos una mansión con zonas de misterio y encanto para sus mismos moradores; y aunque algún paraje nos fuese conocido de recreos o tránsitos, el vernos allí pocos, solos, sin guarda, era también incentivo de emoción.

Llegando una mañana de domingo a los alrededores de la tahona del Colegio, que estaba en una rinconada de la huerta, nos creímos lejos, en una granja. Sentíase un olor de leña, de pan de labrador, de descanso agrícola. Crujió la tierra; y pensé: «Será un caminante».

Era un hombre alto, con ropas de luto; se paró cavilando, y semejaba parado encima de todo el domingo, como una figura de retrato antiguo de caballero desdichado. Muy pálido, de una palidez fría, macerada, interior, como si la guardase un vidrio, el vidrio de esta arcaica pintura. No sé ahora, y quizá, entonces, tampoco supe, cómo serian sus ojos, su boca, su nariz, ni sus manos, porque todo él se veía bajo una transparencia de viril, de aguas en calma, de cristal de féretro; transparencia que posee un misterio de claridades que se han quedado dentro hechizadas, se engruesan, se hacen pulpa lívida, se humedecen encima del hueso... El enlutado volviose presintiéndonos, como esos brujos feroces de las consejas que recogen el «olor de carne humana» de la pobre criatura escondida. Los que ya traducían a Homero, se acordaron de Polifemo. Este de la tahona era un cíclope flaco, con mirar de dos ojos y palidez exhalada de una urna. Y huimos alborotadamente; y el monstruo de luto nos seguía...

Pasó la semana; y el domingo sucedió como siempre. Salimos cansados de la sala; pero esa mañana, buscamos, en seguida, el obrador de pan. Nos llamaban nuestras familias, y nosotros desaparecimos por los trascorrales de la leña. Se acercaron pasos; y un camarada, ahogándose, gritó: «¡Ya viene el hombre que nos da miedo!». Apenas lo dijo tuvimos la conciencia del miedo; y escapamos; la negra fantasma intentó contenernos; corrimos más; llevándonos prendida su mirada y su mueca. Se nos hincaba, nos poseía su recuerdo devorador como un pecado. En los estudios le oíamos acercarse y volvíamos la cabeza irresistiblemente —aunque nos pusieran de rodillas—, sabiendo y todo que no era «él». En el oratorio, un colegial de los grandes, lector escogido para las preces de la noche —se llamaba Nicolás y tenía mucha fuerza— declamaba penitentemente aquellos epifonemas del *Áncora de Salvación*: «He de morir y no sé cómo; seré juzgado de Dios, y no sé cuándo. Si fuese esta noche, ¿qué cuenta le daría?, ¿qué sentencia me tocaría?...». Y nosotros agobiábamos los ojos para meditar y respondernos, y, de paso, mirábamos a lo profundo de la capilla, donde semejaba surgir el espectro del caballero pálido, de cera vieja, en un largo fanal invisible. Y, después, en el dormitorio, nos acometían alucinaciones, y al conocer el quejido de un compañero atormentado, tronaba nuestra sangre, sobrecogiéndonos del miedo de su miedo...

Vísperas de muchas fiestas, el silbo del tren palpitó como un cántico de felicidad en toda la vega. Dobló la tos mi hermano para decir: «¡Viene el padre y la madre!». Yo tosía dos veces: «¡Ya lo sé, ya lo sé!». Tosieron otros dándonos el parabién: se malhumoraron los inspectores. Y, por la mañana, pidieron mis padres que saliesen a nuestra visita muchos internos para los que no llegaba el tren de su tierra. Era muy ancho y alegre nuestro grupo. El Hermano Portero se grifaba con las alarmas de su responsabilidad.

Todo el rigor de sus ojos no logró impedir las exploraciones por las retraídas comarcas del Colegio.

A los aventureros nuevos, les referíamos los antiguos la aparición del hombre descolorido apercibiéndoles para los sustos, regodeándonos en nuestro secreto; y ya cerca de la panadería comprendimos que siendo más, crecía también la órbita del espanto, y nos angustiaba pensar que no estuviese el fantasma de luto. Pero el fantasma nos esperó. Surgió su sombra convulsa y rota en el sol de la leña. Nuestra huida fue de un estrépito de multitud despeñada. Acudieron las familias; y oyose a un señor, de Cáceres, tío de un colegial:

—¡Pero si yo le conozco! ¡Tiene bienes en mi tierra!

Todas las temidas maravillas y aun el mismo espectro semejaron residir y encarnarse en el buen hombre de Cáceres. Le rodeábamos y le mirábamos ávidos y casi rencorosos, y a nuestro lado se hallaba el caballero de la siniestra palidez. Juntos y avenidos, retornamos a los claustros. El de Cáceres le preguntaba de sus negocios de aceites, de trigos, de sus viajes; finalmente, le preguntó si no tenía un hijo. Es que muchos de estos señores de Cáceres y de todas las provincias, de corazón apacible, y de frente exacta para las menudas memorias, necesitan apartar los cereales y el aceite para ver a los hijos de otro. El enlutado sonrió temblándole su boca seca, y respondió que sí, que tuvo un hijo; un hijo de tanta blancura que daba pena, como si fuera a romperse de tan frágil. Todos le decían: «Parece de esos niños que ya sufren porque han de ser hombres gloriosos... ¡Es un predestinado!». La madre murió pidiendo al esposo: «¡Ese hijo, ese hijo; te quedas solo con él!...». Quedó solo; le daba alimento, le dormía, le peinaba. Había de peinarlo muy despacio; tenía el cabello alborotado de anillos rubios esculpidos sobre su frente grande de mármol. Un día arrancó una mata de perejil recién brotada. El padre quiso que se la diese; el hijo la tiró, y aquél porfiaba: «Dame la planta; verás las hojas que no han podido crecer por tu culpa». «No tero, no tero». Entonces yo —profirió el hombre de luto— le pegué en las manos...

El señor de Cáceres, contemplándonos a todos, celebró esta crianza y nos dijo lo del árbol que se ha de castigar cuando es tierno, y que los resabios pueden principiar de unas hojas de perejil y acaban con toda una hacienda.

Prosiguió el hombre pálido contando de su hijo... De noche, los anillos rubios de sus cabellos se le doblaban y abrían del sudor de las sienes; abrasaba su frente de mármol; le oprimían los techos como si los soportasen sus pulmones; se le amorató la boca... «Abandoné mis molinos, los olivares, todos los negocios...».— Y lo decía mirando al señor de Cáceres—. Con una lona como las velas de las barcas hice un toldo para proteger la cuna del nene enfermo; yo a su lado; los dos, en medio de los campos, noche y día. Una labradora guisaba nuestra comida en una hoguera. Teníamos un farol viejo, y acudían palomas de la luz, caminantes, pastores, mastines... Así estaría el Niño Jesús. Contábamos cuentos, estrellas, horas de torres, cantos de gallos... Murió mi hijo amaneciendo el domingo de Pascua. La blancura helada de su piel se quedó para siempre en mi carne. No se cansaba de tocar mis mejillas, mis párpados, mi barba. Al expirar me dijo: «¿Te acuerdas de cuando no quise coger el perejil?...». Y, de nuevo, a los asuntos, a los viajes.

Su amigo elogio la virtud de la actividad; creía mucho en sus frutos de consolación.

—Este año traigo las harinas del Colegio...

—¿Cuánta harina se consume aquí? —tornó a interrumpirle el señor de Cáceres.

Se lo dijo el enlutado; y añadió que siempre que venía pasaba las mañanas en la tahona. Al principio, pensó salir al salón de visitas para vernos, pero no a resistir la visión de la felicidad de las familias. Por eso, cuando tomamos la querencia del obrador y de las mosteleras, y el Hermano de las compras quiso impedirla, él le rogó que nos lo consintiese...

No pudo contenerse el de Cáceres.

—El Hermano de las compras es un buen hombre de Aragón. Creo que fue maquilero[3] de un pariente mío. ¿Se llama Espí, el Hermano Espí?

Pero todos le dijimos que no.

Y siguió el de las ropas de luto:

—... Le supliqué que os dejase, para yo veros y jugar y conversar con vosotros; y os escapabais como si vieseis al lobo...

... Aquí se hunde ese hombre en lo profundo del humo dormido. Es que no volvimos a la tahona, porque como ya no le teníamos miedo...

[3] maquilero: quien cobra una cantidad de grano molido para el molinero por su servicio.

LAS GAFAS DEL PADRE

Singularmente se recordaba a Hernández Aparicio por las gafas que traía su padre. Aparicio y yo pasamos juntos algún tiempo en la enfermería del colegio.

—¡Qué gafas tan enormes lleva tu padre; los cristales podrían servir para un buzo!

Aparicio me dijo:

—Somos muchos hermanos... ¡No descansa mi padre, siempre mirando y cavilando!...

Aquellas gafas tan gordas ya me parecieron un filo que limaba, que roía insaciablemente los ojos profundos del padre pálido y contristado, caminando con los brazos hacia atrás para recoger las manos de los hijos.

Al enfermero se le plegó toda la frente, hasta el hueso, y tronó de súbito:

—¿Qué se puede ver en este mundo? Hay que mirar al cielo. San Gregorio el Magno refiere de una religiosa de San Equicio, que, pasando por la huerta del monasterio, no pudo contenerse en la debida parsimonia, y arrancó y comiose una lechuga. Al punto se sintió atormentada del Enemigo. Vino San Equicio en su remedio y comenzó por increpar al demonio; y el demonio, desde lo más profundo de la penada ánima, daba voces diciendo: «¡Qué culpa tengo yo de lo que le sucede! ¡Estábame muy tranquilo al sol de la lechuga; llegó esta monja, y me tragó movida de la gula!». Señor Hernández Aparicio: ¿qué gafas podrían descubrir al demonio recostado en el cogollo de una ensalada?

59

Nos quedamos pensando. Verdaderamente sería menester un microscopio de prodigiosa fineza para alcanzar el estado de gracia.

Nos desencantó mucho que el Enemigo no residiese en nuestra sangre, donde, algunas veces, nos fuese dado resistirlo y acallarlo, y quizá vencerlo del todo y arrojarlo para siempre de nuestras entrañas. Y que nos acechara desde fuera y pudiésemos engullirlo a cada instante, nos inquietó grandemente, y, además, tuvimos por muy frágiles y escasas las defensas orgánicas del hombre.

—¡Hay que mirar al cielo, y subir allá en seguida! —Y el Hermano Enfermero daba un brinco. Era todo osamenta, de ojos enjutos, redondos y duros que semejaban artificiales; no podría cerrarlos porque no tenía o no se le veían los párpados; ojos sin piel, de vidrio encendido de arrebatos y alucinaciones. Deseaba morir cuanto antes, y deseaba que los demás también lo apeteciesen, y nos proponía que lo quisiéramos. Le llevaba el benzonaftol a Hernández Aparicio, y repentinamente exclamaba:

—¿No desea usted morirse, señor Hernández Aparicio? ¡Pídale a santa Cecilia, usted que es músico, pídale que Nuestro Señor disponga de nosotros ahora mismo! Subamos al cielo para cantar el *O Salutaris!*[4] acompañados por santa Cecilia. ¡Qué más quisiéramos! Pero, ¿no desea usted morirse?

Era demasiado pronto para ir al cielo. El cielo había de comenzar cuando acabase la vida de toda la tierra; entonces, según el parecer del señor Hernández Aparicio, principiará la eterna bienaventuranza, que debe ser una para todos los justos; porque, ¿cómo quieres tú —me decía Aparicio— que la gloria celestial sea más larga, más eterna

---

[4] De *O Salutaris Hostia* (*Oh Hostia Saludable*), es una sección de uno de los himnos eucarístico escritos por santo Tomás de Aquino para el Corpus Christi. Lo musicaron Charpentier, Beethoven y Rossini; cualquiera estas partituras pudiera ser.

para los que ya murieron y se salvaron, que para los que todavía tienen que nacer, vivir y salvarse? No; esa gloria es una y la misma; y los que se hallan en el cielo han de esperar a los futuros y definitivos bienaventurados. Pues cuanto menos se aguarde, mejor.

Así pensábamos, calculando por medidas caducas y terrenas la heredad que no tiene términos.

Y proseguíamos imaginándonos la espera de la felicidad hasta en el cielo, viendo el afanoso tránsito de los elegidos. Y como en este mundo se suelen esperar las cosas buscándose los deudos y amistades para esperarlas juntos, nos dijimos que acaso en la gloria procediéramos de la misma suerte. Aparicio se estremeció. Es que se acordaba de su tía doña Raimunda Hernández, que vivió y murió como una santa. Lo proclamaban los más doctos y buenos de la provincia de Murcia. Morir y salvarse tan temprano equivalía a esperar más tiempo la vida perdurable al costado de doña Raimunda Hernández. Era seguro que había de encontrarla, aunque no pudiésemos explicarnos que llegasen a merecer la gracia y la predilección del Señor almas tan desaboridas y tan insufribles en la tierra... Al lado de la señora y del Hermano Enfermero; porque el Hermano Enfermero necesariamente moriría de un momento a otro, por el encendido fervor en implorarlo y por su precaria naturaleza.

¿No dice Shakespeare que nos irritamos por cosas menudas, aunque sólo las grandes sean las que sobresaltan y culminan nuestra vida? Nos irritaba la tía de Aparicio y el Enfermero, pero nos angustiaba pavorosamente la idea de morir, y de morir por el antojo del Hermano.

... Pensaba yo en una aldea blanca de árboles verdes, tendida en un otero azul con su calvario, sus cipreses y un senderito de rondalla. La vi, no sabía cuándo ni en qué comarca, pero yo había visto el deleitoso lugar una tarde, desde una diligencia; y antes que al cielo quería ir a esa aldea dormida entre el humo de la distancia y de mis memorias.

Hernández Aparicio celebró mi propósito. Y el hermano enfermero se nos precipitó, clamando:

—¿Es que no se morirían ustedes ahora? Señor Hernández Aparicio: déjese de aldeas blancas. ¿Quiere usted morirse? ¡Pídalo con toda su alma!

El señor Hernández Aparicio respondió denodadamente que no quería morir sino vivir y ver mucho. Yo me quedé recordando las recias gafas de su padre.

Llegadas las vacaciones, nos despedimos del enfermero como de un moribundo, en cuya mirada de vidrio bien leíamos que nos había abandonado a nuestra desgracia...

—...¡Ya no he visto más la aldea blanca de la colina azul y de los árboles tiernos!

Sonrió Aparicio entre el humo dormido de las horas devanadas para siempre, y dijo:

—Yo aprendí a amar el deseo por el deseo mismo, y amo el camino por el dolor y el júbilo de caminar, ofreciendo mi sed como la sed de David, pero «yo solo».

David se había recogido en la cueva de Odollam. Era el tiempo en que se cortan las cebadas. Entre el temblor de la llama del día, se alzaban los muros de Bethleem, la tierra suya, que entonces poseían los filisteos. Toda iba recordándola David: los huertos de las laderas, los herbazales donde pasturaba su rebaño; su casa humilde; la plática de los viejos bethlemitas sentados en las puertas de la ciudad; y, en medio, el aljibe de las aguas más dulces de su vida... Ardía la mañana en torno de la cueva de Odollam. Y David recordó también la delicia de la sed saciada, y suspiró: «¡Quién me diera a beber agua de la cisterna que hay en Bethleem, junto a la muralla!». Entonces los tres escogidos entre los treinta valientes rompieron por las escuadras enemigas, y sacaron del agua deseada y se la trajeron a David. Pero él no la probó, sino que hizo de ella libación al Señor, diciendo: «¡No beberé la sangre y el peligro de las vidas de los tres esforzados!».

¿No te parece que, ahora, se ha de suspirar por el agua de nuestra sed, y subirla nosotros mismos, y ofrecérnosla a nosotros y a nuestro ideal y a Dios, sin catarla?

—¿Pero no será, eso que dices, la doctrina de los que no han «llegado»?

—¿Y qué? —prorrumpió Aparicio—. Lo fundamental y gustoso es tenerla; que nos acompañe nuestra voz...Ya sé que no has llegado todavía. Este «todavía» ha de agradecerse más por lo que tiene de «hoy» que por el valor de la esperanza. En llegar, o en llegar pronto, se esconde el peligro del regreso, y es una carretera con hostales que hierven de bellaquerías de trajineros que ni van ni vienen.Yo vivo caminando; reclino mi cabeza en las piedras, y confío que alguna me depare, como a Jacob, el sueño de la escala de los Ángeles. Forastero en todo lugar, los sitios con sol pertenecen a los hombres sentados, a los hombres y a las moscas que zumban en los poyos calientes; y cuando alguien se levanta se aprieta más el corro o toma su hueco el lugareño sustituto. Se ha de caminar; lo malo del camino es la llanura, que todo parece principio de la misma jornada; la cuesta produce un esfuerzo y un cansancio gozoso, porque, aunque se suba, volvemos la mirada y como el comienzo quedó más hondo, recibimos una sensación de cumbre sin pasar de la misma vertiente...

Sacó una cajilla despellejada y vieja, y de ella unas gafas.

—¡Ya traes tú gafas también!

—Son las de mi padre. —Y tocándolas y mirándolas había en sus dedos y en sus ojos la emoción de la presencia del hombre descolorido y triste que caminaba tendiendo los brazos hacia atrás para recoger las manos de los hijos...

—Son las de mi padre, y ahora mías. Aun soy joven, y ya se acomodan a mi vista. Tú me decías: ¡los cristales de esas gafas pueden servirle a un buzo! Con ellos me he sumergido yo como un náufrago y siempre vi mi camino...

—¿Te acuerdas? —le dije—. «Señor Aparicio: ¿qué gafas podrían descubrir al demonio recostado en la hoja de una lechuga?».

—¡Al demonio no se le ve, ni hace falta, si de todas maneras ha de engullírselo uno al comer el más inocente alimento; pero, en cambio, con estas gafas he visto recientemente al hermano enfermero!

—¡Imposible! Hace veintiséis años que salimos del colegio; hace veintiséis años que el hermano enfermero está en el cielo cantando el *O salutaris!*.

—El hermano enfermero sigue en la tierra y en el mismo colegio; y está gordo, muy gordo. Yo le pregunté: hermano: ¿pues no quería y no quisiera usted morirse? Y el hermano me dijo: «¿Yo? Yo sólo deseo lo que disponga Nuestro Señor...». Y con estas gafas nunca vio mi padre agotados sus deseos, ni yo los míos.

La sensación de la inocencia

Cuando cumplí catorce años nos trasladamos a una vieja ciudad. En seguida que llegué me buscó Ordóñez. Nos abrazamos, pero sin apretarnos mucho por un afán de vernos.

—¡Estás lo mismo!

—¡Y tú también: como allí!

Y no lo sentíamos; y lo decíamos sin embuste, porque nos imaginábamos en el Colegio, vestidos de la blusa de escolar o de uniforme. Si resalía en nosotros un ademán, un acento de entonces, recogíamos ávidamente este rasgo de época:

—¿Ves? ¡Lo mismo!

—¡Como tú!

Y no nos persuadíamos. Este marginar la emoción de nuestro encuentro, desde el primer instante, sería lo que apagaba su júbilo. Fuimos dos críticos que se abrazan. Ordóñez aparentaba distraerse, y yo también. Mirábamos la calle ruda, toda de sol, empedrada de guijas de río, con tapias de cal, como un camino entre heredades... De súbito, Ordóñez me miraba para verme mejor en mi descuido; y como yo también quería valerme de lo mismo, nos sofocábamos de la coincidencia, y ese sorprenderse el ánimo sin pañales no abre la cordialidad. De modo que vacilábamos en fuerza de no decirnos nada, queriéndolo decir todo, y viéndonos y comprendiéndonos más allá de la confianza antigua. Aquí parece que se avengan, claro que un poco reducidas, aquellas palabras de Mme. Staël: «Verlo y comprenderlo todo es una gran razón de incertidumbre».

La calle semejó latir como si fuese un sembrado, que de pronto lo penetrara un aire de buena lluvia. Era un cántico de niñas encerradas. Dijo Ordóñez que había cerca un convento de madres Carmelitas, y ensayaban unos Gozos las chicas pobres de la parroquia. Lo pronunciaba muy contento de salir objetivamente de la cortedad.

Se oía el órgano como una voz cansada de maestro que reprende durmiéndose en la lección. Y resaltaba la tarde de la ciudad vieja sobre este fondo infantil, dándose las claridades de la emoción a costa de las niñas encerradas en torno del arca de un armónium. Quizá fue éste uno de los más tempranos principios de doctrina estética que recibí.

Ordóñez me dejó, prometiendo venir otro día y llevarme a su casa. Su casa era una de las principales del lugar, y su madre, de las madres más jóvenes y hermosas que yo recordaba del colegio.

—Demasiado joven y hermosa todavía para madre de tantos hijos —comentó un matrimonio estéril amigo ya de nosotros de otros tiempos, y que estuvo a ofrecerse en nuestra nueva residencia.

Como yo le despidiera hasta el portal, volviose la señora, diciéndome:

—Estás con el regaño de forastero; pero te irá agradando la nueva vida, y tendrás amigos. Ya conoces a Ordóñez: buen chico es, aunque su casa, su casa... ¡Todo aquí se sabe! No te digo más por tus pocos años...

Fue a besarme, y no llegó; se puso muy colorada. Y cuando se iban, oí que le susurraba al marido:

—En acercándose una a esos chicos se les ve demasiado grandes. ¿Dónde estará ya su inocencia?

Y no sé qué añadió del mundo y de las criaturas de ahora, que ya resultan de «entonces».

Fue la primera vez que me quedé pensando en mi inocencia como en algo que no se ve ni se siente hasta que constituye una realidad separada de nosotros. Ya es viejo que se sobresalte la pureza bajo la voz de una virtud austera. Parece que entonces rebulle y suena en nuestra alma el aleteo de una ave que dormía y se remonta en busca de otros horizontes.

✦

...Vino Ordóñez; le recibí tan encendido y confuso que él se sofocó. Volvíamos a coincidir y escudriñarnos afiladamente. Y ahora sentía yo la presencia de la señora, que quiso y no pudo besarme. Sorprendime pensando en la madre de Ordóñez y en las palabras del matrimonio, y recordé que yo había ya perdido la inocencia; pero continuaba su sitio sin habitar. Sin inocencia, sin pecado y sabiéndolo. Era como la sensación de que el alma se me había quedado corta y arrugada para el cuerpo mozo que no acaba de crecer; lo mismo, lo mismo que algunos trajes de los chicos de catorce años, sino que ése nos cubre debajo de la carne y de la sangre, sin quitar la desnudez, que sólo vemos nosotros cuando podemos.

Faltándome documentos de malicia, no penetraba en lo que se murmuró de la madre de Ordóñez. Y dentro de mi oscuridad se encendía la vergüenza. Rechazaba instintivamente la murmuración, y en seguida la buscaba y revolvía voluntariamente. Me acordé que en el Colegio todos decíamos: «Ordóñez se parece mucho a su madre». Y le miré, y se sonrojó.

—¡Lo mismo que entonces! —le dije.

Pero en aquel tiempo lloraba hasta de rabia de su tez fácil al rubor de una doncella.

—Aun sigo sofocándome como mi madre.

—¿Como tu madre también?... Y llegamos a su casa. Casa antigua y señorial, de sillares morenos y dinteles esculpidos. Todo estaba en una grata sombra de celosías verdes que semejaban exprimir todo el fresco y olor del verano. Porque sentíase que fuera se espesaban los elementos crudos del verano como en corteza, y dentro sólo la deleitosa y apurada intimidad. En el vestíbulo, en las salas, en el comedor, había muchos jarrones, cuencos, canastillas, juncieras desbordando de magnolias, gardenias, frutas y jazmines; y por las entornadas rejas interiores se ofrecía una rápida aparición de la tarde de jardín umbroso y familiar. Ya sé que muchas casas tienen en julio magnolias, jazmines, frutas, gardenias; pero es eso nada más: flores, flores porque se cogen y caen demasiadas en el huerto; y frutas: melocotones, ciruelas, peras, manzanas... y, sin querer, sabemos en seguida la que morderíamos. Y allí, no; allí flores y frutas integrando una tónica de señorío y de belleza, una emoción de vida estival y de mujer. No «eran» melocotones, ciruelas, peras, manzanas... clasificadamente, sino fruta por emoción de fruta, además de su evocación de deliciosos motivos barrocos; y «aquella» fruta, el tacto de su piel con sólo mirarla, y su color aristocrático de esmalte, y flores que sí que habían de ser precisamente magnolias, gardenias y jazmines por su blancura y por su fragancia, fragancia de una felicidad recordada, inconcreta, de la que casi semeja que participe el oído, porque la emoción de alguna música expande como un perfume íntimo de magnolias, de gardenias, de jazmines que no tienen una exactitud de perfume como el clavel.

Rodeado de este ambiente de sensualidad tan amplia y tan pura repitiose en mí la sensación de la inocencia, no separándose como una paloma asustada, sino volviendo a mí, pero no consubstanciándoseme; atora me ceñía como una túnica tejida del inmaculado blancor carnal y de la virtud de aquellas flores.

Hallábame también en ese estado de reiteración de «sí mismo», de creer que ya se ha vivido «ese» instante, y que todo en la casa de Ordóñez estaba y sucedía según una promesa infalible.

Fui pasando. En lo más hondo se me presentó el escritorio del padre: frialdad de legajos y de crematística, cráneos pálidos, tercos, con un pliegue de disciplina, de sacrificio; todo como asperjado frescamente de un coloquio de aguas y de risas de hijos.

Castaños de Indias, cedros; arrayanes y cipresal recortados; sol contenido por el terciopelo del follaje solemne y propicio para la blancura humana de los mármoles. Huerto sereno, íntimo, remoto de la calle que lo rodea; no tuerto de enriquecido, que sólo está de añadidura en la casa porque sobró terreno, y sirve de tránsito y suple al muro de medianería. Las frondas se apartaban para la emoción del cielo, y pasó una cigüeña nadando en el azul, toda estilizada, tendida en torno del nidal de leña colgado de una torre de pizarra.

Vi a la madre de Ordóñez rodeada de sus hijos y con un niño chiquito en su regazo. Vestiduras como de flor de lino, carne de frutas húmedas, cabelleras de trenzas negras con vislumbres del verde tierno de los árboles.

Fray Luis de León compuso estos consejos para el atavío de las mujeres: «Tiendan las manos y reciban en ellas el agua sacada de la tinaja, que con el aguamanil su sirvienta les echare, y llévenla al rostro, y tomen parte de la en la boca, y laven las encías, y tornen los dedos por los ojos y llévenlos por los oídos también, y hasta que todo el rostro quede limpio, no cesen; y, después, dejando el agua, límpiense con un paño áspero, y queden así más hermosas que el sol».

Esto dice que obedecía «alguna señora de este reino».

A doña María Varela Osorio ofreció el dulce agustino las acendradas páginas de *La Perfecta Casada*, quizá dudando de que ella y otras muy honestas se satisficiesen con el paño áspero y el agua de la tinaja. Y sin duda él lo escribió y la noble dama lo leería, como muy conciliados con esta pragmática de tocador, sin creerla; como yo la recuerdo viendo entre el humo dormido a la madre de Ordóñez, que, cuidando exquisitamente de su cuerpo, emanaba una sencillez de naturaleza; y otras mujeres que ostentan todo el aparato de sus afeites, parece que acaban de dejar el paño áspero y el agua recién traída por el azacán.

... Removiose el hijo, y los dedos de la madre se desciñeron el corpiño y floreció la castidad de su pecho cincelado.

Nunca se olvida la perfección de un pecho que nos hace niños siempre.

... Pude un día decírselo a la señora erizada de virtudes, que sobresaltó lo postrero de mi infancia, y murmuró:

—Sé que tenía pechos muy hermosos, y crio sus siete hijos; pero, mira, ¡murió de zaratanes la pobre!...

MAURO Y NOSOTROS

Siempre nos parábamos en la «Herrería de la Cuesta», mirando la fragua y las barras de lumbre que llagaban la oscuridad.

Salía Alonso, el maestro, y descansaba su puño de callo y de roña en el hombro de Mauro. Mauro estaba roído de viruelas, y su sonrisa gorda y mansa de chico apocado parecía refrescarle la calcinación de su piel.

Por todo el portal pasaba una greca de herraduras oxidadas; y en los sillares colgaban las argollas para atar las bestias.

Arrieros, oficiales y aprendices se quedaban mirándonos. Después volvían a tocar las vibrantes campanas de los yunques; y nos sentíamos rojos de hierros candentes que se quebraban con una sensación tierna de carne de sandía.

—¡Aquí fue! —decía Mauro—. Y seguíamos subiendo la calle. Allí quiso traerle su tío el canónigo para que aprendiese oficio, porque Mauro no se acomodaba al estudio. Alonso y sus gentes lo sabían; y el puño del herrador buscaba el hombro de Mauro. Se le había escapado porque Mauro lloró mucho y se engulló vorazmente de memoria todos los libros que le daban. Enflaqueció tanto que las viruelas parecían grabadas a fuego por el puño de Alonso.

En lo último de la calle estaba la puerta de la muralla, sin puerta: sólo la bóveda. Llegaban y salían los ganados, las diligencias, las recuas, las yuntas; su estruendo se sentía desde las rinconadas más escondidas de la ciudad; su estruendo y el silencio que después volvía por la cuesta como un agua clara, el mismo viejo silencio que habían ido enrollando las patas de las bestias y las ruedas de los carros. Todas las tardes rodeábamos las murallas rotas. Llanura con muchos caminos entre huertas, majuelos, pedregales, hazas encarnadas, horizontes azules claramente tallados. El cementerio, en lo más abierto del llano, y parecía que el mismo paisaje tan ancho le cavaba un sitio recogido. Era de una pobreza rural: yeso moreno, herbazales bordes, cuencas de nichos, cipreses sedientos, tejas pardas; detrás, en el azul, un chopo muy alto y muy verde...Yo alabé el camposanto de mi pueblo. Lo supo Alonso, y, delante de todos, me dijo que no había en España un cementerio de mejor tierra que el de ellos, que no era el suyo. Porque Alonso tenía en su aldea fosario de familia. Vino su padre a la ciudad, y murió de fiebre solanera, y aquí lo enterraron de alquiler. Pasados algunos años, quiso llevarse los restos al pueblo; hizo una arquilla, y se fue de madrugada a buscarlos. Abrieron la fosa y el ataúd: el padre estaba igual que cuando murió; sus ropas, nuevas; limpio el paño que le velaba el rostro afeitado; y en los carcañales seguían agarrados los sinapismos que le pusieron para rebajarle la flama de la calentura. No cabía entero en la arquilla; y Alonso tuvo que destornillar el cadáver; los muslos y los brazos fue menester quebrárselos.

Ese día, pasando frente al cementerio, miramos mucho su tierra, de tanta virtud como el sicómoro de los féretros egipcios. Chafé un cardo, y creíamos que crujía el padre de Alonso. Nombrábamos algunos difuntos de la ciudad; y les veíamos intactos, recién vestidos; y de súbito nos fijamos todos en las mejillas de Mauro; después de muerto las tendría lo mismo; y su hermana, seguiría hermosa.

A veces, dábamos tres vueltas en torno de las murallas como Chateaubriand rodeó las de Jerusalén y Jonás las de Nínive.[5]

---

[5] Jonás no rodeó las murallas de Nínive, sino entró y anunció su destruc-

... Mauro cogía un guijarro resplandeciente; y en seguida averiguaba su progenie geológica. Le dábamos una mata del camino, y nos decía lo más oculto de su estirpe vegetal. Mauro lo sabía todo apretadamente. Si sonaba lejos una esquila y, a la vez, el tránsito de una carreta y el timón de un arado de una yunta que ya venía a la ciudad, nos paraba Mauro con esta enseñanza: «De esos tres ruidos, oiréis más claro el que quisiereis; las orejas nos obedecen». Nosotros lo probábamos. «Ahora, cerrad los ojos» —nos mandaba también, y los cerrábamos dócilmente aunque nos riésemos—. «¿Qué veis?». Con los ojos cerrados no veíamos nada. Y porfiaba Mauro: «¿Qué veis? Veréis algo: gusarapos, puntos, redes en lo oscuro que no es oscuro del todo». Sí que lo veíamos muy inquieto, avivándose, fermentando. «¿Lo veis? Pues de todo, elegid lo que se os antoje; recordadlo; y cuando se pierda, no tenéis más que querer que se presente, y decírselo a los ojos cerrados y volveréis a verlo».

Mauro pensaba más cosas que todos. Quizá se contagiara de don Jesús, un amigo de su tío el canónigo, que también me sale entre el humo dormido. De todas maneras, ir con Mauro equivalía a traer al lado un curioso libro. Cuando queríamos, lo abríamos, y se acabó. Nosotros apeteceríamos saber, pero no más o menos que Mauro ni como él; nadie se preocupa de saber «como» una asignatura. Callado, terco, humilde, mientras nosotros hablábamos, brincábamos o callábamos también con otro silencio; porque Mauro no tenía un claro silencio interior sintiéndose bajo la amenaza del porvenir, ya que la del oficio estaba vencida. «Si yo faltase te quedarías "de" señorito sin carrera, sin oficio ni beneficio». Eran palabras de su tío. Repitiéndoselas Mauro, se le apretaban las

ción por Dios durante cuarenta días y la pagana ciudad, al fin, se convirtió. Y claro, referencia al célebre viaje de François de Chateaubriand a Jerusalén en 1806, recogido en su título *De París a Jerusalén* (1811).

mandíbulas y las sienes como si se afirmase y se obstinase en sí mismo con un ímpetu y prisa que semejaba hundirle unas espuelas afiladas en lo más hondo de la sangre y de la voluntad.

... Aun no había yo perdido la calidad de forastero para pasar a la calidad de «nuevo». Al forastero se le agasaja gustosamente en todas las comarcas de España. España. De aquí procederá el elogio de hospitalarios que la crónica nos pone en el pecho como una gran cruz de Beneficencia. Y cuando se llega a «nuevo» asoma en los otros el ibero con todas las duras virtudes primitivas. No se había cumplido el tránsito terrible, y en mi agasajo fuimos a un cerro histórico. Hasta Mauro me acompañó. Nada nos cautiva tanto como un lugar que consagre una memoria; y nada nos importa menos que lo que allí está conmemorado. Ya no se pierde, porque allí hay un Mauro de piedra que nos lo guarda escrupulosamente. Todo lo sabremos cuando queramos.

Estábamos en aquellos días en que todos nuestros pueblos daban a una de sus calles el nombre del General Margallo; en que la Partida de la Muerte se arrastraba por las barrancas de los contornos de Melilla cazando rífenos; y un soldado delirante de glorias cercenó las orejas de un moro. Al día siguiente lo fusilaron. Subíamos la senda del collado histórico refiriéndonos los lances de la ejecución. Éramos chicos y se nos confundían más que ahora los valores de la Justicia y de la «Moral heroica». Siempre veíamos al ajusticiado mirando pasmadamente unas orejas lívidas, aborrecibles por razones patrióticas y mirándonos a todos como si nos preguntase: «¿Pero no era eso lo que había que hacer?». Uno de nosotros dijo: «¡La verdad es que el pobre moro...!». Y como seguían las orejas junto al cadáver, otro exclamó: «¡Bueno, pero si en vez de desorejar al pobre moro, lo atraviesa a tiros...!». Y todos dijimos: ¡Claro! Y entre el humo dormido no es posible averiguar si ese ¡Claro! equivalía a «¡Qué lástima que no se le ocurriera

74

matar al pobre moro!». De modo que hasta un Mauro puede coincidir con la ética de un reo, que quizá pensara lo mismo cuando fuera al suplicio.

Así conversando nos detuvimos en el cerrado portal del Santuario, que conmemora una jornada de nuestra Historia de la Reconquista; y lo contemplamos con un poco de recelo, como si presintiésemos que, un día, habríamos de leer lo que Cicerón relata del impío Diágoras:

«Tú que niegas que los dioses se cuiden de nosotros —le dice un amigo creyente— mira en los muros de este templo la muchedumbre de tablas con las pinturas de los que se han salvado por su misericordia de la furia de las tempestades. —Y Diágoras le responde: Aquí veo los exvotos de los que se han salvado; pero ¿dónde están las pinturas de los que han perecido?».

Abrió el ermitaño. Se quedó crujiendo la puerta de leña, y resonaron mucho tiempo nuestras pisadas como dentro de un aljibe. Después, se oía el silencio del recinto apoderándose, sellándose del silencio de fuera. De los muros de color de sayal pendían banderas y estandartes, verdes, blancos y de un grana viejo, ennegrecido; telas ajadas, caídas, inmóviles, con una sensación olorosa de frialdad. La talla del retablo se iba quedando ciega; una estría de un pilar, un nervio de acanto, el corazón de una panela, guardaban como una uva de oro, y este grano de lumbre imprimía entre la niebla una fugaz resurrección de todos los motivos ornamentales, y en seguida se desmodelaban blandamente en la quietud del apagamiento. Entonces resaltaban dos floreros de vidrio con ramos de ropa y de papel de color entero y elemental.

Como no nos marchábamos, salió, de una desolladura del muro, una salamandra que estuvo mirándonos con dos gotitas de luz negra, y sumergiose en el frescor del follaje de una ventana de establo.

Descansamos en una banca torcida, que había recriado una piel de tiempo. El ambiente del santuario se familiarizaba con nosotros y proseguía sus coloquios menudos y sutiles: un diente de carcoma, una raedura arenisca, una abeja que entra sin fijarse, una lámpara que se ha movido un poco durmiendo... Y nos oíamos respirar. Los hombres colocan las cosas, y ellas, después, se van acomodando en la soledad: y viene el hombre y les interrumpe físicamente; se transmite a lo más íntimo la presencia inquieta y extraña; pero la soledad se resigna aun con nosotros, y sigue su circulación sensitiva; y esto era lo que escuchábamos: que aquello continuaba siéndolo según era sin nosotros, y sin importarle la Historia que nosotros sabíamos, es decir, que sabía Mauro. Abrimos la memoria de Mauro por las páginas de lo que aquello significaba, «aquello» que precisamente no equivalía a lo que pasó, sino a después que pasó.

La voz de Mauro iba proyectando la memorable jornada que originó esta ermita. «Acometieron los árabes con increíble arrojo...». «Un obispo con la cota ceñida sobre sus hábitos...». «El estandarte verde de la media luna...». «La bandera blanca de Almanzor...». Veloces, indomables, resplandecientes pasaban las escuadras, los pendones, los caudillos... Y en seguida resalía en nosotros la conciencia y el encanto de la quietud del recinto viejecito: las banderas, inmóviles; el sol, tendido en el ara desnuda; un vaho de sacristía húmeda... En la ventana se paró un pájaro creyendo que estaba la Historia sin nadie; pero nos vio y rasgose el azul con el trémulo alboroto de la huida. El ermitaño se golpeaba las corvas con la llave y nos miraba cansadamente como previniéndonos: «Todo eso que os cuenta ése, yo también lo sé; y, cuando salgáis, lo encerraré con mi llave vieja». Lo encerraría para dejarlo fuera, porque estos santuarios memorables parece que nos infunden la intensa delicia de hacer sentir la distancia y casi el olvido de lo que significan.

Mauro recordaba basta los nombres y apellidos de muchos héroes que dejaron linaje en la ciudad. Nos divirtió el de un caballero aceitunado, de calva baja, que nos ganaba al billar a todos juntos, dándonos 45 a 100, y le aborrecíamos casi todas las tardes. El pendón amarillo era el suyo. Su primer dueño descalabraba infieles con una clava arrobal.

Se asomó la salamandra espiándonos; y vino un cacareo tumultuario, entre el sol del mediodía; y el ermitaño saliose brincando para recoger el huevo de una gallina moñuda que dio en el antojo de comerse la cáscara.

Merendamos en el fresco hortal, y a sus sombras pasáramos toda la tarde si Mauro nos dejara. Pero no lo consintió. Había de acudir al estudio. Su porvenir le acechaba desde los ojos de su tío el canónigo. Humilde y encogido y estaba traspasado de una prisa ajena, inexorable y ávida, que lo había hecho suyo.

Y nosotros le pedimos:

—Mauro: ¡No estudies más! Hazte artesano o molinero de la aceña de tu lío. Te cuidaría tu hermana. Nosotros iríamos a veros.

Se puso muy triste. Después, yo no sé por qué nos dijo:

—¡Queréis más a mi hermana que a mí!

La hermana de Mauro
y nosotros

Todas las tardes íbamos en busca de Mauro; y al salir, le besaba la hermana. Nos esperábamos para ver el beso, de un estallido delicioso de frescura, en la piel reseca y fragosa de Mauro. Entonces algunos de sus amigos parecían humillados de sus mejillas perfectas de adolescentes. Luz era mayor que su hermano. Lo sabíamos, y se lo preguntábamos muchas veces; necesitábamos, y nos contentaba oírselo a él; y casi no podíamos principiar el diálogo sin repetirnos la edad de la hermana.

—¿Cuántos años te lleva Luz?

—Tres y dos meses.

Rápidamente nos decíamos cada uno los años y los meses en que Luz nos aventajaba.

—A mí me lleva tres años y siete meses y medio.

—A mí, dos y cuatro meses.

—A mí, un año justo.

Y éste pronunciaba «un año justo» con un entono tan irresistible, que aparentábamos no escucharle. Esa exactitud no tenía importancia doctrinal. Lo que nos conmovía era que Luz fuese mayor que nosotros. Semejaba que había nacido antes para esperarnos a todos.

—Es como una hermana nuestra: igual. No teníamos hermanas; por eso la queríamos tanto.

—¿Luz nos querrá así también?

Mauro respondía que sí, que lo mismo. Pero como ella tenía a Mauro, menor que ella y todo...

—De los hermanos que conocemos, vosotros: Luz y tú, sois los que más os queréis.

—Es que como son huérfanos...

—Y aunque no lo fuesen, ¿verdad?

—¿Cuánto tiempo hace que murieron vuestros padres?

—Mi madre, cinco años; y mi padre, tres.

También lo sabíamos; y el del «año justo» casi siempre se equivocaba, diciendo:

—La madre de Luz, tres; y el padre, cinco.

Todos le acechábamos para corregirle altivamente, y él se revolvió un día gritándome:

—¡Si tú no les conociste!

Ellos, aviniéndose, repasaron la cronología de nuestra amistad. Eran los antiguos.

No toleraba Luz que saliese su hermano sin enmendarle el nudo de la corbata y repasar su peinado, domándole el cabello con Agua Florida, y acabando de plegarle el cuello de la americana, que en seguida se le torcía, porque Mauro era de una invencible pigricia para sí mismo. Muchas veces brincó Luz desde la cancela con un gracioso enojo, para alcanzarnos y quitar de las ropas del hermano una hebra de su costura, una pelusa de los nidos del palomar. A todos debía vigilarnos cuidadamente, porque llegó a sorprender en el codo del camarada del «año justo» un hilo de hilván. Palidecimos mientras Luz tocó su brazo, diciéndole:

—No lo traías cuando viniste, y tampoco es de mi labor.

Y él sonrojose mucho, porque se lo prendió a escondidas para que ella se lo quitase.

Mauro le contaba nuestros paseos, nuestras disputas, nuestras jácaras, nuestros propósitos. Bien sospechábamos que lo sabría todo Luz. Y después, oyendo sus risas, sus donaires y consejos, la veíamos tan hermana nuestra que hubiésemos creído que ya lo era si no hubiésemos deseado tan fuertemente que lo fuese.

—¿Es que quisierais, de verdad, tener una hermana?

Palpitábamos asustados de dicha. Nos parecía que en las manos delgadas y pálidas de Luz iba a florecer el lirio de una hermana, una para cada uno de nosotros; y dándonosla ella sería ella misma, por otro prodigio eucarístico; y tan intensamente sentíamos la delicia de su belleza, que hubiéramos preferido trocarnos cada uno en esa hermana de nosotros mismos.

Entre el humo dormido aparece Luz con una claridad lunar, y no puedo decir si era hermosa, porque entonces lo que sentíamos era la emoción de la hermosura en torno de ella. No podíamos afirmar la perfección de sus ojos, de su boca, de sus dientes, de su garganta, de sus hombros, de sus brazos, de su cintura, de sus rodillas, de sus pies; sino que estas partes habían de ser bellas, porque le pertenecían; como su vestido y los pliegues y el olor de sus vestidos por ser suyo. ¿No hay mujeres categóricamente hermosas, por ser bellos sus ojos, sus labios, su tez, su nariz, su espalda, todo su cuerpo, pero que no son más que bellas en sí mismas, como si todas sus perfecciones pudieran desarticularse, quedando como joyas desprendidas y guardadas en su joyel? Sabemos que «allí» existe una belleza sin transfundirse a ningún concepto, sin asociarse a ninguna emoción de nosotros. Pero, además, Luz significaba la hermosura reflejada, exhalada; la hermosura, la venustidad de lo que no era ella, siendo hermoso o comprendiendo que lo fuese por ella.

El aparecérsenos, ahora, la hermana de Mauro con claridades de luna, no debe ser una imagen literaria, sino casi una certidumbre óptica que se concilia con las sensaciones estéticas de antaño. Llamar a Luz «hermosa como la luna», no es un elogio oriental, es un valor ideológico y físico de su belleza. Como la de la luna está no sólo en ella, sino en las aguas, en los jardines, en las montañas, en los senderos, en las ruinas, en el silencio, en la mujer, en la soledad, en la carne, en la frente, en las vestiduras, en los mármoles, en todo lo que no es luna; así, Luz, o la emoción de la belleza de Luz estaba más en todo «por» ella, que concreta y corporalmente en ella. Lo bello en un grabado, en un cántico, en un Ángelus nos evocaba a Luz como si ya lo hubiésemos sentido a su lado; nos traía su presencia; y siempre, entonces, la nombraba alguno de nosotros, siquiera fuese para preguntarle a Mauro cuántos años le llevaba Luz.

Luz no era una de las renovadas modalidades de la «cristalización» de Stendhal. Luz sería la idea estética que, al principio, y como la virtud, no se sienten en abstracciones, sino que han de referirse a una figura, han de humanarse, para después abrirse más allá de nosotros.

¿Y si Luz fuese de verdad nuestra hermana? Y apenas lo imaginábamos, precipitábase toda nuestra vida a quererla «como» hermana, prefiriendo ciegamente la realidad sentimental que la de la sangre.

Sin explicárnoslo, nos parecía ya que sentir o «apasionarse», sentir lo que no era, es superior a nosotros mismos y a lo que es, y poseer una verdad del todo nuestra.

Muy en lo profundo sorprendimos que nos alumbraba la alegría de que Luz no fuese nuestra hermana para poder amarla como hermana.

¿Será esto sentir sólo a distancia, o recordar lo sentido, acercándolo con una lente nueva? Nunca lo averiguaremos cabalmente, porque hay episodios y zonas de nuestra vida que no se ven del todo hasta que los revivimos y contemplamos por el recuerdo; el recuerdo les aplica la plenitud de la conciencia; como hay emociones que no lo son del todo hasta que no reciben la fuerza lírica de la palabra, su palabra plena y exacta. Una llanura de la que sólo se levantaba un árbol, no la sentí mía hasta que no me dije: «Tierra caliente y árbol fresco». Cantaba un pájaro en una siesta lisa, inmóvil, y el cántico la penetró, la poseyó toda, cuando alguien dijo: «Claridad». Y fue como si el ave se transformase en un cristal luminoso que revibraba basta en la lejanía. Es que la palabra, esa palabra, como la música, resucita las realidades, las valora, exalta y acendra, subiendo a una pureza «precisamente inefable», lo que por no sentirse ni decirse en su matiz, en su exactitud, dormía dentro de las exactitudes polvorientas de las mismas miradas y del mismo vocablo y concepto de todos.

...Al recogernos de la vuelta por la muralla, siempre dejábamos a Mauro en su estudio. A su lado labraba Luz sus lienzos primorosos. Tenían una lámpara para los dos. Nosotros les mirábamos desde la reja. De tiempo en tiempo resplandecía la faz de la hermana al volverse, sonriendo, para pedirnos que callásemos. La frente de Mauro permanecía fija, implacable y abierta, hojaldrándose sobre las páginas de la Lógica o de otro texto. A través de su piel semejaba subir y bajar la voluntad, una laringe de voluntad; acababa de engullirse otro pedazo de ciencia. Y nosotros le preguntábamos:

—Mauro, ¿cuándo nos iremos al molino harinero de tu tío?

Y él, ladeándose, nos sonreía brevemente, sin vernos.

Luz descansaba de su labor, asomándose a la lectura del hermano; sus labios húmedos cogían algunas palabras de las páginas, como una cordera tira y toma de un seto una hierba amarga, y después las balbucía y cortaba graciosamente:

—Razón de plan... Divisiones de nuestra ciencia... Sistema ecléctico...

«Razón de plan» nos salía en el portal de todos esos libros. Y, asustados, lo pasábamos, sin entender la razón ni el plan. Nos parecía un dragón o un enano horrendo, que guardaba toda la hacienda de la sabiduría académica. Pues las «Divisiones o clasificaciones» fermentaban de epígrafes, de títulos «en versales», que iban creciendo y desanillándose como un monstruo de cien cabezas cartilaginosas de vocablos... Y el «Sistema ecléctico» equivalía a lo fatal tipográfico. Cuando comenzaba el horco de teorías, ya nos conturbaba la promesa del sistema ecléctico. Era seguro que vendría, y que el autor había de ser inevitablemente ecléctico. Llegamos a temerle como a esas personas con quien siempre nos topamos en el mismo cantón y nos dicen siempre lo mismo. Y Luz venció todas esas fantasmas epigráficas. Desde que las tuvo en su boca ya las vimos como dijes y brinquiños muy graciosos; y cuando las hallábamos en los textos, hinchándose frías y duras, les perdonábamos recordando su infantilidad entre la sonrisa de Luz; ella había mirado estas palabras, las había leído, y pronunciándolas, nos las entregó vencidas. Una doncella había quebrantado la cabeza de la serpiente.

✦

... Si pasaba junto a nosotros una mujer hermosa, quedándose prendida en la plática mocil, habíamos de regresar a la pureza, recordando que Mauro tenía una hermana. Porque una hermana virgen infunde en el hermano un pudor que se proyecta hacia su virginidad. Hasta en nuestros pensamientos se posaba el índice de Luz, dejándoles un delicado silencio. Si Mauro hubiera tenido más hermanas, quizá el mandato de su pureza no nos sellara y lustrara tan eficazmente. Es que el grupo, hasta en los desnudos, ciñe la carne con un cendal invisible; pero una hermana sola delante de nuestra palabra, se ve demasiado cerca. Todavía más se desnudará su presencia si fue el hermano quien motivó su aparición. Y si él, después, en un instante de simplicidad, o de ternura y aun de indiferencia, pronuncia «Mi hermana», todos se sentirán obligados a ser o mostrarse puros.

Luz quedó proclamada por hermana de cada uno de nosotros, aunque nosotros, algunas veces, no nos sintiéramos hermanos.

Y una tarde, después que Luz y Mauro se besaron, él la miró mucho, y ella, encendida de rubores, apartose de nosotros. Sofocada, estaba tan hermosa que hasta quisimos más a Mauro. Contemplamos el rodal de su mejilla donde Luz le dejó el beso, y creímos que nuestra piel se agrietaba de las mismas viruelas de Mauro para sentirnos besados por la hermana.

Ese día habló Mauro poco y encogidamente. Le recordamos nuestro propósito de ir con Luz al molino harinero de su tío el canónigo. Seríamos toda una tarde molineros, y la hermana nos daría de merendar entre el júbilo de los palomos, de los ánades y gallinas, que se ceban de grano y de moyuelo de la casa. La presa, llena de cielo y de árboles reflejados; ruido de abundancia de las muelas; harina olorosa en nuestras manos y en la cabellera de Luz...

—¿Cuántos años dices que te lleva Luz?...

Entramos bajo los viejos soportales de la Plaza Mayor. Y Mauro murmuró sonriendo:

—¡Cándido, el de La Roda, sí que tiene un molino grande, de trigo y de oliva!...Venid, y se lo diremos a Luz.

—A Luz, ¿para qué?

—¿Pues qué no reparasteis cómo se sonrojó cuando salíamos? Fue porque pensaba que ya iba yo a deciros lo de Cándido, el de La Roda... Cándido, el de La Roda, vino hoy a pedirla... Se quieren de novios, y se casarán.

Nos miramos todos, queriéndonos más que nunca, y seguimos caminando bajo los soportales de la plaza.

Y Mauro tuvo que marcharse solo a su estudio; se despidió muchas veces de nosotros.Y nosotros, paseando, paseando, recordábamos: Luz, la hermana... ¿Es que quisierais, de verdad, tener una hermana? La belleza de todo en ella... La emoción de las tardes. El beso de Mauro y de Luz... Nuestra molinera, y la merienda, con fragancia de harina de sus dedos.

Y de tiempo en tiempo alguien prorrumpía pasmadamente:

—¿Cándido, el de La Roda?... ¿Cándido, el de la Roda?...

Y se callaba mirándonos.

Y le decía otro:

—Sí. ¡Cándido, el de La Roda!...

Toda nuestra ideología había roto su ánfora, vertiéndose germinadoramente sobre la faz de una vida nueva.

DON JESÚS Y LA LÁMPARA DE LA REALIDAD

En atardeciendo iba a la casa del canónigo un catedrático de Historia Natural; después, un presidente de Sala, y, el último, siempre, don Jesús. ¿Por qué este hombre había de venir el postrero? El magistrado no se lo explicaba. Don Jesús era canoso, enjuto, pulcro, con un lunar tostadito en la sien izquierda. Colgaba de su brazo el abrigo y el paraguas. Atravesaba su vientre la cinta de luto de su relojito, de oro esmaltado, de señora; y en un ojal del chaleco se le estremecía un medallón con el retrato de una niña orlado de cabellos negros.

A poco de encenderse la lámpara del estudio de Mauro, comenzaba a lucir la del comedor. El presidente de sala no consentía que se la proveyese de mucha torcida. Le horrorizaba el fuego de petróleo. Era pavorosa la crónica y estadística de las desgracias originadas por los quinqués. Y llegaba don Jesús y sin dejar el paraguas y el sombrero subía la luz hasta que el tubo diese una llama roja, lívida, humeante. Todos acudían a remediar la torpeza y audacia de este hombre; y quedábase el presidente templando la espita del quinqué.

Sentábase don Jesús; y apenas prendido el diálogo, se alzaba pasando y volviendo, y su sombra se quebraba atropelladamente por las paredes. No podía resistir el magistrado esta inquietud: le dañaba los ojos y hasta su palabra de tranquilas amplitudes forenses.

Nosotros íbamos de reja a reja para prevenir a Mauro y su hermana:

—Ya se está paseando don Jesús; y el magistrado le mira con rabia el lunar.

Luego nos volvíamos a espiarles; y en seguida traíamos al otro aposento la nueva:

—El magistrado acaba de decirle a don Jesús: ¡Siéntese usted!

Le tronaba la voz como en la Audiencia cuando se lo ordenaba al reo después del interrogatorio. Don Jesús se olvidaba del mandato; y nosotros, muy contentos, tornábamos con el aviso:

—¡Ya se levanta otra vez!

El tío de Mauro fumaba despacito en su sillón cabecero de la mesa desnuda. Al hablar, elevaba su diestra hasta el hombro en una actitud conciliadora y prelaticia. Era parecer de todos que alcanzaría una mitra muy pronto; y el presidente besábale la mano como si en ella resplandeciese el anillo pastoral. Confiaba que habían de reunirse en la misma ciudad de la Sede de entrambos. Desarrollaba con elegancia esa persuasiva visión. El magistrado desarrollaba hasta las ideas más elementales. Muy diserto, nada para él tan hermoso como el párrafo envolviendo pomposamente la idea, lo mismo que una fruta contiene su semilla.

Don Jesús, una tarde, le dijo:

—Es que yo me como la carne de una manzana, y tiro el corazón donde está la simiente. ¿Haré lo mismo con esas frutas de párrafo?

La sombra de don Jesús se precipitaba del zócalo al techo. El magistrado parpadeaba. No le entendía.

—¿Quiere usted sentarse y desarrollar su pensamiento? Un hombre que no desarrolle cabalmente lo que piensa, yo afirmo que no piensa.

Don Jesús sabía que ese hombre era él; y no se sentaba.

Decía las cosas don Jesús desgranadamente, temblándole dentro de cada una la larva de otras.

—No existe ciudad tan muerta como ésta —afirmaba el magistrado. Y venía don Jesús; daba con mano temeraria toda la mecha al quinqué, refería episodios sin cuento, ofreciéndose palpitante la muerta ciudad. Los amigos le miraban y se miraban recelosamente, porque todo aquello semejaba suceder sólo para don Jesús. Y la realidad —según el magistrado—, era una para todos los hombres. Se lo contradijo don Jesús.

—¿En qué lengua hablaron Adán y Eva cuando no habían perdido la gracia?

El catedrático se regocijó. Aveníase más con el presidente que con don Jesús; pero agradábanle estas acometidas de don Jesús que tanto sobresaltaban y enfurecían al presidente, el cual repuso:

—Ni a usted ni a mí nos importa. La palabra es don divino; y nuestros primeros padres lo gozaron. Sabemos que hablaron y lo que hablaron, y lo que habló la serpiente. Y esto basta.

El canónigo lo aprobó subiendo y bajando blandamente su diestra. Exaltose don Jesús:

—Pues parece que hablaron en éuskaro. Hace casi dos siglos se juntó el cabildo de Pamplona; y después de cavilar y deliberar mucho, acordose que Adán y Eva se valieron del vascuence; es decir, lo fundaron. Y desde que los canónigos se alzaran de sus bancas, hasta que mudasen de parecer, fue una realidad el éuskaro en el Paraíso. ¿Que no? Para usted no; para ellos sin duda. Mire: si un retrato de un difunto se cae sobre el retrato de una persona viva, me parece que el muerto le incorpora su desgracia. Llego a verlos como se lee de aquellos suplicios de los cristianos en que ataban al mártir con un cadáver. Yo me digo: esto es un desatino o un escrúpulo supersticioso, y no he de cuidarme de separar las fotografías; pero las aparto, porque es una realidad en mi vida, en mi pensamiento, una realidad que no debo consentirme y que no vuelve a ser desatino y superstición, en tanto que no la invalide quitando la fotografía de la persona viva del contacto de la fotografía del muerto.

Revolvíase el presidente mostrando un altanero estupor. ¡Qué tenía que ver esa rareza con la realidad!

Y don Jesús porfió:

—Tampoco hace falta.

El catedrático miraba al canónigo. No les atendía el canónigo, afanado en buscar entre su hábito, en su asiento, en el esterón, porque se le había perdido la tabaquera.

Y don Jesús, dijo:

—Hoy he leído en un trozo de revista francesa, que me ha llegado enrollando una Botánica —no sabemos ni pizca de Botánica— que en las islas Hawái un médico inoculó lepra a un asesino condenado a muerte.

Quiso el catedrático saber más de esa Botánica, y no pudo: el presidente rebramaba en nombre de la Justicia. Representábase simbólicamente el delito como un monstruo, una realidad suya que divertía mucho a don Jesús. El símbolo, para el magistrado, evitaba crueldades. En la idea alegórica han coincidido los torvos y los dulces.

El tierno san Paulino de Nola no resiste la versión literal de algunos pasajes de los *Salmos*; y cuando el salmista ruge: «¡Mísera hija de Babilonia; bienaventurado quien te retribuyere lo que tú nos dieras a nosotros! Bienaventurado el que aplastara tus hijos pequeños contra una piedra», san Paulino ve en estas criaturas los pecados; y en la piedra, a Jesucristo; y ya el terrible aplastamiento es un bien.

Con símbolo y todo, el magistrado no podía tolerar que un delito, un monstruo único penase con dos expiaciones: lepra y horca. Le sosegó don Jesús advirtiéndole que el asesino murió nada más una vez. El presidente pidiole que desarrollase este concepto.

—Al sentenciado se le dio a escoger entre la horca o el injerto de lepra; y aceptó lo último.

Esta conmutación la tuvo el presidente por una inmoralidad peligrosa; y volviose hacia el canónigo que seguía buscando su tabaquera.

Arrebatose don Jesús.

—¿Podía realizarse la experiencia ahorcando al asesino? —Y parose delante de las duras rodillas del magistrado, añadiendo:

—Catorce meses después, el asesino estaba sano.

—¿Intenta usted referirnos un caso de impunidad ético—fisiológica?

—¡No es eso! A los cinco años, las llagas de la lepra tuberculosa invadían las carnes del inoculado.

—¡Es que es muy difícil burlar la ley! —y resplandecían triunfales los anteojos del presidente.

—Esta será la realidad suya; para el experimentador consistiría en la «reacción» o inoculabilidad de la lepra; y para el paciente, la de que duraba más la lepra que la horca; y todavía surgió la cuarta: y fue la de averiguarse que en la familia del inoculado hubo algunos leprosos.

Abrió más la luz de la lámpara, y llegose al canónigo diciéndole:

—A usted se le ha perdido la tabaquera y no logra descubrirla; y usted padece un trastorno en toda su sangre. Yo lo sé. No le ofrecí mi tabaco, porque eso no le remediaba; usted no quiere la tabaquera; lo que usted quiere es encontrarla. Las cosas que se pierden nos envían desde su escondedero una irresistible mirada sin ojos...

El canónigo sonrió.

—Sonríe usted, pero sin gana; muestra usted desdeñar lo que no soporta ni usted ni nadie. La humanidad ha tenido que valerse de oraciones a los santos para salir de esta angustia. Yo fui a casas donde todos alborotaban y corrían removiendo alfombras, ropas, arcas, bibliotecas enteras por hallar una cosa perdida que les tenía sin cuidado. Nos mina y nos socarra esta sensación; y de repente se hace una claridad en torno de nosotros, y la cosa extraviada se nos aparece muy tranquila, esperándonos. ¿Quién la puso allí? ¿Cómo pudo salirse de nuestro dominio, y llegó a poseernos? O no lo sabemos, o hubo un instante en que nos cegamos para ella y para que se diese esta realidad...

Removiose el canónigo, y se le desprendió de la manga la tabaquera, que resultó vacía.

Don Jesús, entusiasmado, dijo:

—Tan verdaderos y misteriosos son estos trances, que se debe tener por prudente al que para buscar sus anteojos comprueba antes que no los trae puestos.

El magistrado levantose con un modillo de enojo, y entornó la luz del quinqué.

Don Jesús proyectole su voz.

—Nadie se burle de estas realidades de nuestras sensaciones donde reside casi toda la verdad de nuestra vida. Yo hasta me las atraigo aunque no me lo proponga. Un día dije una de esas frases hechas sin recordar que lo fuese. Era mi santo. Me conmuevo entonces más que de chico. La víspera, me parece que el tiempo haya rodado sólo para traerme el día mío; y al deshojarse esa fiesta pienso en los días de mi santo en que yo esté muerto; y me invade una gran amargura; me la dan hasta los pobres dulces que quedaron en las bandejas. Los dulces me emocionan casi como las flores. Y un día de mi santo se paró en mi portal una mendiga viejecita y ciega guiada por su nieto. Eran pobres forasteros; llevaba el chico gorra de hombre y blusa marinera de verano. Desde los balcones le dijimos que subiese. El rapaz se daba en el pecho preguntando pasmadamente si le llamábamos a él; y subió descolorido, asustado; tenía la boca morada, el frontal y los pómulos de calavera, pero calavera de viejo. Le rellenamos la blusa de pasteles, de confites, de mantecadas...

El magistrado se alborotó.

—¿Y socorrieron con gollerías a una criatura hambrienta?

—Sí, señor; lo que menos le gusta a un pobre es el pan duro. Pues el chico corrió en busca de la abuela, le tomó la mano llevándosela al seno para que fuese palpando toda la limosna. Después, nos miró y dio un grito áspero de vencejo; pero no nos dijo ni un «Dios se lo pague». Yo, entonces, me volví a los míos afirmando: ¡La gratitud es muda!

El catedrático quiso celebrar estas palabras. Y don Jesús le interrumpió:

—¿Saben por qué el niño mendigo no nos dijo nada?

Pues porque el mudo era él. Cuando lo supe creí que lo había enmudecido yo con mi sentencia.

Y fue a la lámpara y le subió la luz.

Entonces sonó un crujido de elictra pavorosa y saltaron los vidrios del tubo del quinqué. Una luz de llama roja, suelta, rápida, alumbraba la consternación del presidente, del catedrático, del canónigo.

Y clamó el magistrado:

—¡Quiera Dios que escarmiente en la verdadera realidad! Aquí, como en todo, no había más que una: ¡que dándole torcida estalla la lámpara!

Don Jesús alcanzó su sombrero y su paraguas, y saliose diciendo:

—Es que yo subía la luz porque usted se la quitaba.

DON JESÚS Y EL JUDÍO ERRANTE

Pasó un extranjero entre los porches de la plaza. Era tan seco y alto, que se le veía más solo, y semejaba asomarse sobre toda la ciudad como una cigüeña entre vallados. Lo dijimos en casa de Mauro y una criada vieja nos avisó:

—Miren no sea el Judío errante.

Confesó don Jesús que ya lo conocía. Juntos estuvieron en las Horas Canónicas, en el casino, en las afueras. El extranjero le había escogido entre todos los del pueblo para confiarse, pidiéndole una hospedería familiar. Y se la buscó en una casa pobre. Las gentes salían a las vidrieras y portales para verles. Don Jesús acabó por creerse otro caminante recién llegado de muy lejos; y estaba muy gozoso.

—¿Y qué intenta, qué quiere ese hombre?

No lo sabía don Jesús.

Pasmose la tertulia. No saber los propósitos de ese hombre, singularmente siendo extranjero, un extranjero en aquella ciudad era, según el magistrado, demasiada inocencia de don Jesús.

—¡Ese, sin duda, quiere algo!

Se le revolvió don Jesús. Lo que quiere un hombre es lo de menos para los otros hombres. ¿No se conocían en la ciudad los pensamientos de todos y nadie se cuidaba de ellos de puro sabidos? Lo que más nos apasiona es lo que se añade en torno de un hombre, porque eso ya nos pertenece, nos envuelve y hasta nos proyecta a nosotros mismos. Hay que forjar realidades que integren y roturen la nuestra.

—A mí —dijo gritando don Jesús—, no me importa quién es ni qué quiere ese hombre; eso ya es lo cerrado, lo concreto; a mí me interesa lo distante o lo confuso de cada corazón, empezando por el mío.

No atinábamos en todas las intenciones y palabras de don Jesús; pero, sin él no había para nosotros diálogo de verdad en la curiosa tertulia; y no viéndole, nos apartábamos de la reja diciendo: «Todavía están solos el canónigo, el catedrático y el presidente».

✦

Las pisadas del extranjero se oían desde todos los aposentos, desde los jardines, desde los claustros. Sus pies abrían el silencio dejándole una jerarquía espiritual.

—Anda como el Judío errante —se murmuraba ya en todos los corros y salas. El judío maldecido tenía que pasar por toda la tierra; y ahora le tocó venir a nuestro pueblo. Y no se iba. Nosotros siempre nos lo imaginábamos como un mendigo de barbas y greñas lisas y húmedas, mostrando el pecho huesudo entre un ropón de podre, calzado con sandalias ferradas que devoran las leguas eternas. Se paró un día a nuestro lado. Nos miró. Nada había en sus ojos, y estaba todo en ellos como en las órbitas de las estatuas. No le socorrimos; y él nos miró más, y sonrió y siguió su camino sin camino, porque doblaba un cantón y de nuevo aparecía, volviendo, avanzando. Se perdió dentro de la noche como si se hubiera derretido en foscura; pero le sentimos caminar mucho. «¿Dónde estará ahora?». Hay alguien caminando perpetuamente las soledades, porque un día de sequedad de todas nuestras entrañas no le consentimos arrimarse, gritándole, pero gritándole en voz baja: «¡Anda, anda, anda!». Si nos mirásemos entre el humo dormido, quizá nos sobrecogiéramos viendo en ese solitario una semejanza con nosotros, como si llevara nuestra sangre o nuestro pensamiento, un pensamiento que pudo ser nuestra carne nueva, y le dejamos perderse para siempre desnudo, en un camino sin posada. Así llega a sentirse la compasión de nosotros, oyéndonos caminar en la distancia.

... Pero «aquel» judío errante que nos ha hecho incurrir en «literatura», según dicen los mismos literatos, no traía barbas semitas, ni sandalias, ni túnica, sino que iba afeitado y usaba gabán, sombrero gris de castor y un junco con puño de hueso.

De él conversábamos a la puerta de Mauro, cuando vino don Jesús y nos dijo:

—Os advierto que ese señor no es precisamente el Judío errante, sino un inglés de una noble casa de Londres. Anda sus aventuras por ese mundo, renegado de la familia, sin amigos, sin dineros. ¡Da más lástima! Busca lecciones para ganarse el pan. Si le quisierais de maestro le remediaríais mucho.

Pero el canónigo no se lo permitió a Mauro. Y como don Jesús porfiara, medió el magistrado preguntándole:

—¿Acaso merece nuestra confianza un desconocido? ¿Es que se averiguaron ya sus intentos? ¿Porque a un extranjero se le antoje entrarse en nuestra casa, hemos ya de acogerle y avenirnos como si fuese una vieja amistad?

El canónigo y el catedrático le miraban asintiendo; después volvieron sus ojos hacia don Jesús; finalmente, los entornaron. Varones de apacible prudencia y virtud que se vuelven y atienden a un lado y a otro; después se acomodan en sus butacas, y parece que interiormente se enregacen también en un asiento ancho y mullido, y cierran los ojos y con ellos cierran la puerta de sí mismos, dejándose fuera al mundo de los demás.

Agraviose don Jesús, y salió y nos llevó a la posada del inglés ofreciéndonos de discípulos.

Estaba el maestro en una alcoba morena, sin ventana, todo encogido dentro de un camastro pavoroso que semejaba enceparle entre sus palpos y rodajas de hierro. Comía sardinas de conserva; y, a veces, se le paraban sus quijadas enjutas, mirando con estupor de niño la losa de una cómoda donde ardía un cirio junto a la urna de una imagen de Nuestra Señora del Rosario. El fanal y la luz se arrugaban en un espejo ruin.

Y no dimos lección. El inglés alcanzó su pipa, que humeaba recostada en el costillaje de un cofre; y luego comenzó a reír muy silencioso. Don Jesús también fumaba y reía, y para que supiésemos la razón del contenido júbilo, sacó un libro muy sobado de la faltriquera del gabán del extranjero, y leyó con voz fingida: «Ciérrese la puerta de la venta, miren no se vaya nadie, que han muerto aquí a un hombre...».

Entonces la bulla del «judío errante» se hizo tan estrepitosa que el cepo oxidado de su cama se doblaba y gemía.

—¿Y no era verdad, no había muerto? —decía el inglés y tornaba a disparar la risa.

Nos contó don Jesús que, por las mañanas, salían a los campos; y al sol de los majuelos leían *Don Quijote*. Llegados al capítulo de la venta, que el hidalgo imaginaba ser castillo, quedose el inglés perplejo, con un mohín de sollozo de criatura; poco a poco se le fue inflamando la faz, y acabó en una risada tan recia que las grajas huyeron de la sementera.

En la calle, prosiguió don Jesús sin cuidarse de nosotros:

—He aquí un hombre de vida rota y andariega: y da una impresión de humanidad virgen; todo en él es simple y claro, y éste es el misterio y la inquietud para nosotros: lo íntimo de la simplicidad. ¿Por qué se apenó pensando en Don Quijote, viéndole tendido en un jergón de hostal, aporreado por un arriero? Pues quizá por eso: por ser Don Quijote quien era. Después se regocija y se ríe siempre recordándolo, quizá porque se imagina a Don Quijote en sí mismo viéndose en las prisiones de la cama de su hospedaje.

Así se muestran los pródigos y ávidos de humanidad: se apiadan y lloran de la desventura en un concepto o ideal humano y se ríen buenamente de sí mismos, sintiéndose comprendidos y malogrados en ese concepto o cifra. Lo contrario, reírse de Don Quijote y gemir únicamente por sí mismo, lo hace cualquiera con exactitud humana... «Ciérrese la puerta de la venta, miren no se vaya nadie, que han muerto aquí a un hombre». Lo lee, y se lo digo, y se ríe como un muchacho. Pero en tanto que el cuadrillero de la Santa Hermandad vieja de Toledo sale a encender el candil, el inglés piensa concretamente en el hidalgo y en sí mismo, y palpa esa imagen y se palpa su vida, y asustado, necesita preguntar:

—¿Pero, no era verdad? ¿No había muerto?

Yo no sé si puntualmente nos habló don Jesús de esa manera; pero la memoria de su figura me trae ese comento inicial del venerable libro. Nosotros, entonces, sólo nos dolíamos de que el extranjero no fuese de veras el Judío errante, ese judío que las gentes aborrecen tanto porque le han ofendido mucho.

✦

El canónigo, muy apiadado, le pidió a don Jesús nuevas de la lección de inglés. Es que sabía que nosotros ya no acudíamos a clase.

Don Jesús se entusiasmó contando del maestro.

—¿De modo que resulta un santo? —suspiró el canónigo y cerró los ojos dejándose fuera al santo.

—¡Un santo es lo de menos! Quiero decir que a un santo podré reverenciarle por su santidad, pero no me interesaría mucho como hombre...

—¿Prefiere usted los portentos, los monstruos de iniquidades?

—No, señor. Lo que pido es el hombre sin Ángel de la Guarda a la derecha, ni Demonio a la izquierda. El hombre cara a cara de sí mismo; que le duela el pecado por haberse ofendido a sí mismo; que le resuene toda la naturaleza en su intimidad; atónito y complejo; más hombre que persona. Ya sé que el Señor tendrá una pobre idea de nosotros; pero hubo un tiempo en que le dimos una impresión de tanta humanidad, que se humanó para salvarnos. Ahora me parece que somos menos humanamente la persona que nos corresponde ser; y más que nada somos: yo, el hacendado don Jesús; otro, presidente de Sala; otros, catedráticos, o militares, o mercaderes... Pues ese extranjero es principalmente humano y se conmueve y debe sentirse humano lo mismo que un pájaro se siente ave.

El canónigo y sus amigos permanecían inmóviles, con los párpados entornados.

Don Jesús subió su voz:

—Esos monstruos de maldad que antes mentaba el señor canónigo, cuando se quedan en hombres parecen un hombre cualquiera. Les compadecemos, pero no nos importan humanamente. Yo vi un parricida. Había estrangulado a su madre con los dedos; sin soga ni faja, ni nada; con los dedos. Lo acercaron al locutorio para que yo le viese. Llevaba ropas de luto, de lienzo nuevo, muy rígido, ropas vacías sin un papel, sin una moneda, sin un recuerdo en los bolsillos; tela de luto recién cosida. Le miré las manos creyendo encontrar unas garras feroces; y sus manos, agrandadas y cortezosas por las faenas agrícolas, se juntaban con un reposo de domingo; eran como las de mi labrador de Almagro cuando viene a traerme la renta. Pasaba el sol poniente entre los hierros, y el matricida lo recibió en sus hombros y no se los miró, no sintiéndose amparado humanamente ni por el sol. Le pregunté por su madre y se quedó repitiendo la pregunta, no recordando a su madre, como si se le hubiera muerto cuando era muy menudo. No se recordaba a sí mismo; carecía de raíces humanas propias...

El magistrado despertó aleteándole la toga en su alma.

—¡Todo lo recuerdo! ¿Quieren ustedes que yo hable?

—¡Hable usted, por Dios! —le imploró el canónigo.

—En la noche del 22 de octubre de mil ochocientos...

No pudo hablar. Vino una mujer sobresaltada y llorosa, buscando a don Jesús.

—¡Don Jesús, don Jesús; ese hombre, el Judío Errante, brama loco de calentura!

EL ALMA DEL JUDÍO ERRANTE
Y DON JESÚS

No estaba don Jesús, pero mirábamos entre las rejas del comedor, porque el canónigo, el presidente y el catedrático siempre hablaban de don Jesús; era el amigo aturdido, exaltado, a quien debían de vigilar para su bien. Todo rumor de la calle les hacía atender y asomarse. Y no llegaba.

Dijo el presidente que, todas las mañanas, su primer pensamiento era para alabar a Dios y agradecerle que le hubiese hecho tan desemejante de don Jesús.

Los otros asintieron de manera que confesaban bendecir a Dios por haber recibido la misma gracia del presidente.

Y se aburrían con la máquina de sus virtudes inmóvil, ociosa sin don Jesús.

Al séptimo día volvió el ausente. Enflaquecido, terroso, desalentado; pero llameaba en su mirada una acusación bravía contra sus amigos.

—¡El inglés se muere!

Subió lentamente las manos el canónigo, y dijo:

—¡Sólo Dios lo sabe!

—Dios, siempre, y ahora yo también. Se muere. Ustedes no descansaban, preguntándose: «¿A qué habrá venido ese hombre?». Pues, a eso, a morirse.

El presidente parpadeó mucho. Estuvo meditando, y después exclamó:

—Bueno; ¿y de qué se muere?

—¿Que de qué se muere? ¡Y a nosotros, qué nos importa! Se muere. ¡Y lo terrible es que se muere aquí!

Mientras nosotros fumábamos y nos calentábamos años

y años al amor del brasero de esta casa, ¡ese hombre atravesaba delirante el mundo! En verano, íbamos al molino del canónigo; con el agua de la presa nos humedecíamos los dedos y el lóbulo de las orejas para prevenir sofocaciones, y pasada media hora, entonces, bebíamos; y ese hombre caminaba y caminaba. Nosotros tan quietecitos, y estábamos designados para contar la muerte de un hombre tan remoto de nuestra vida. Yo no lo entiendo.

Se paró escuchándonos. Es que recordábamos que la tierra del cementerio del pueblo conservaba intactos los cadáveres. El Judío Errante se quedaba aquí para siempre, tendido, y nunca se desharía...

Habló el canónigo con una dulce solemnidad:

—Nadie conoce los caminos del Señor. Este caminante del mundo y del pecado, ¿no habrá venido a nuestro pueblo para ser salvo? ¿Y no será usted, don Jesús, el escogido para salvarle?

—¡Yo!

—No, no alce y baje las espaldas, que ya no se quitará usted el peso de una responsabilidad tan sagrada.

Y todos le miraban como si le viesen la carga que el índice del canónigo seguía señalándole.

El rostro de don Jesús, siempre tan limpio, tan desenfadado y zumbón, cerrose en una exactitud oscura de lugareño asustado. Sentíase bajo una realidad concreta. Acababa de revelársela aquel dedo casi prelaticio, y se la imponía el magistrado como una sentencia suya, y el catedrático como una definición de su texto del instituto. Claro que él no la sentía porque ellos se la dijesen, sino por decírselo a sí mismo, o porque se lo confirmaba lo que no era él, sino en donde uno se ve a sí mismo. Pero ellos le acechaban y le insistían con sus ojos tan convencidos, tan unánimes: «No tienes más remedio que salvar esa alma, de la que tú solo dispones en el pueblo. Y has de salvarla como la salvaría cualquiera de nosotros; pero a nosotros, estando tú, no nos importa. No te atreverás a decir: Yo no la salvo: ¡que se pierda! Tú te reías de todo, hasta del Ángel de la Guarda a la derecha, y del demonio a la izquierda. Pues ahora te aplastamos con esa responsabilidad tuya» sólo tuya, que nosotros te hemos descubierto».

Don Jesús se repetía: salvar su alma, salvar su alma... Y se le perdía el valor apostólico de la frase, quedando en eso, en una frase muy oída. Estaba cogido atenazadamente por una frase. Pero se le iban doblando los hombros, y marchose a salvar aquella alma.

Moría muy despacio el «Judío errante»: moría de tifus. Averiguada la enfermedad, quiso el magistrado saber cómo ese hombre enfermó precisamente de tifus. Más que morir el inglés, parecía interesarle que el inglés muriese de tifus.

Y se fue inventariando todo: la alimentación casi exclusiva de conservas, que enfrió y relajó el estómago del extranjero; la extravagancia de bañarse en las zubias, en el caz de los molinos, en todos los remansos y basta en un manantial hondo, de aguas ácidas, que los pastores bebían con azúcar, como una limonada deliciosa. Viejas y mozas de la siega, de la vendimia, de la escarda, de la aceituna, todas conocían la rubia desnudez del extranjero. Surgía jovial y hermoso como un dios agreste, descuidado como un niño. Ni piedras, ni mastines, ni guardas vencieron su afán de agua campesina. Tendíase a beber en las acequias, en las pilas, en los abrevaderos. Si acaso, pudo haberle gobernado el consejo de don Jesús. Pero don Jesús disculpaba aquella exaltación hidropática; fue su cómplice; llamaba sus baños lustraciones, y al bañista le decía: puro y austero como un esenio. Y acabó, según mudaos testimonios, por salir al campo sin americana y descalzarse en los aguazales soleados, y sumergir hasta la nuca en las hontanedas. Después comían, bebían y fumaban en ventas y figones. Todo se comentaba en torno de la agonía del inglés. Porque el canónigo, el presidente y el catedrático trasladaron la mitad de la tertulia al aposento del agónico, para presenciar la salvación de su ánima y dirigir a don Jesús, el operario de aquella viña del Señor.

Oyeron el relato, y ya bien desmenuzado, el presidente sentenció:

—Este pobre hombre tenía que morir del tifus.

En la postrada voz de don Jesús todavía asomaron las rebeldías de su lógica:

—El sábado murió de tifus la mujer del conserje de la Cámara de Agricultura, y anoche murió del mismo mal el hijo tullido de Santos, el de las pesas y medidas, y no comerían conservas ni se bañarían ni se echarían a beber en todas las fuentes y acequias.

El presidente le miró con ojos de águila embalsamada:

—Lo irrebatible es que ese hombre hizo lo que hizo, y que se está muriendo del tifus. Lo demás, como usted suele decir, lo demás no me importa.

Y aquella mirada de vidrio del magistrado la iba recibiendo don Jesús de todos: del canónigo, del catedrático, de las comadres vecinas que acudían al olor de moribundo. Toda la misma mirada se le paraba en sus hombros y le indicaba al postrado, recordándole la salvación de la pobre alma. ¿Es que tras de regodearse en sus desatinos, y aun de participar de ellos y creerse otro vagabundo, en vez de quitarle sus quimeras, que serían muy buenas para andar por esos mundos, pero no para vivir en este pueblo, iba también a desentenderse de la responsabilidad que ahora pesaba sobre su vida?

Al enfermo le sobrevino una hemorragia, una nueva hemorragia grande y negra. Después abrió los párpados, y quedose mirando el fanal de Nuestra Señora, la pipa, un pote de tabaco de hebra que olía dulcemente a cofín de frutas, el tomo viejo del *Quijote*... Fue recogiendo los ojos, y miró a don Jesús, y semejó mirarse a sí mismo, y reconocerse y recordarse. Se le movió la boca como una llaga vieja descortezada.

Todos comprendieron que había llegado la hora propicia de la gracia. Y don Jesús, con la misma llaneza que si le convidara a salir de camino y de lectura por los majuelos, le propuso que se confesara. El inglés ni se negó ni se avino. Miró más a don Jesús; ladeose balbuciendo, y acudió el canónigo para recibir su contrición. Entre palabras sumisas y rotas, entreveradas de castellano, se elevaba la voz pastoral del canónigo, guiando, fervorizando, penitenciando al convertido.

Las mujeres de la casa y de familias vecinas no pudieron contenerse, y comenzaron a engalanar el aposento para la ceremonia del Viático; salían y volvían, preparando candeleros y velones, cegando el espejo con una gasa negra, pegando con pan mascado estampas devotas en las paredes. Acudimos ya todos; vibraba una campanilla. Pasó un farol enorme, gente apretada, resplandor de ornamentos, el acetre del hisopo, cirios, humo de aceite; los muchachos se aupaban por la cama para ver al moribundo; hubo un rumor agrio de ropas estrujadas, de huesos de hinojos contra los ladrillos. Un beneficiado derribó con la estola la pipa, el tabaco de hebra y el tomo del *Quijote*. Lo alzó don Jesús, y al moribundo se le movieron flojamente las quijadas, y gimió entre los rezos:

—¡Ciérguese la puegta de la venta, miguen no se vaya nadie, que han muegto aquí a un hombre!

Los chicos se echaron a reír, y el inglés les miraba; le dio hipo y congoja, y expiró.

✦

Hablose mucho en la vieja ciudad del arrepentimiento y muerte del judío errante. Don Jesús salvó su alma y pagó el entierro y los funerales, y todas las gentes le daban el parabién. La tertulia del canónigo era ya de un goce apacible. Don Jesús callaba, reducido al reposo de los demás; las virtudes de los demás no se aburrían en la quietud de don Jesús, sino que estaban muy pomposas sirviendo de ayas al hombre nuevo, hasta que una tarde vino don Jesús muy temprano a la tertulia, y trastornado, descolorido y súbito, gritó:

—Pero, ¿en qué quedamos?

Y mostroles una carta que le envió la alcaldía. Era de la madre del muerto. Don Jesús tradujo estas líneas: «Quisiera noticias de su muerte y de su sepultura. ¿Se le ha enterrado en sitio de donde algún día pueda ser removido su cadáver? No conozco las costumbres de ese país, y tengo miedo de perder también sus restos... Como siempre fue un protestante fervoroso, a pesar de su vida, ¿se le ha enterrado donde se debía? ¿Se vio privado de los consuelos de su religión?».

El canónigo elevó su índice hacia las vigas y suspiró:

—Dígale a esa pobre madre que su hijo está ya, en el cielo, y basta.

Y él y el catedrático y aun el presidente, cerraron los ojos, dejando fuera a la madre, la casta y don Jesús.

...Y entre el humo dormido, sigue pasando don Jesús, con los hombros doblados, como si trajera un atadijo del «Judío errante», y le buscara el cielo que le corresponde. Pero el Judío errante quedose tendido» muerto y sepultado, y don Jesús le ha substituido, errando siempre por la misma ciudad.

No recuerdo de otra masía que diese tan cabal idea de reposo como la de Francisco de Almudaina.

Casa torrada y grande, con su parral profundo, de viejos pilares como un claustro; tierras anchas y gruesas de pan, y en las lindes, los cerezos de bóvedas olorosas, que llevan la cereza de carne dura y fina, la cereza que ha de comerse mordiéndola como una poma, la cereza que entre los dientes de la mujer nos hace pensar en la inocencia de todo lo contrario. De estos árboles se enviaban ramos encendidos de fruto a don Emilio Castelar y al arzobispo de Valencia. No faltaba la encina, inmóvil y vetusta, junto a la masía. ¡Todo qué firme y sosegado! Hasta el orden para colgar los aperos de las pértigas hincadas en el muro, y para subir y doblar la soga del aljibe, y el frescor y la gracia de la cantarera, probaban la serenidad y quietud de costumbres de la familia labradora, dechado escrupuloso de amor a Dios, al prójimo y a sí mismo. Pasaba el Rosario todas las noches; se añadían los «Dolores» los viernes; socorríase a los mendigos los sábados con regojos y rebanadas de la cochura del martes; había colada los lunes, y bailes y tonadillas los domingos. Un mastín era el feroz meseguero;[6] otro, guardaba los frutales, y un gato recorría primorosamente las trojes y bodegas.

Donde más se manifestaba el claro método de la casa era en la mesa. Si a la venturosa familia le hubiesen ofrecido todas las gollerías y delgadeces de sabor que

---

[6] **meseguero:** encargado de guardar la mies.

pudiera concebir el más hábil repostero, de seguro que las rechazara, ni más ni menos que el señor Don Fernando de Castilla y de Aragón cuando, pidiéndole que permitiese la entrada de la pimienta y canela de las Indias portuguesas, repuso con toda doctrina y majestad:

—Excusemos esto, que buena especia es el ajo.

Con el ajo y algunos piñones adobaba la madre sus guisos honrados y fuertes. La limpia paz de aquella tabla me adormecía, y dormitando esperaba yo algunos viernes al ciego de las oraciones. Le guiaba un perrico podenco muy donoso, que en seguida se acostaba entre las esparteñas de caminante de su amo. Los mastines de la heredad aparecían entonces más foscos y hasta más corpulentos, y el gato se iba asomando con refinada cautela, y las verdes brasas de sus pupilas se aceraban de ruines designios. Es que las hijas del casal, tres doncellas que dejaban un aire y lumbre de campo con mucho sol, no hacían sino requebrar al perro del oracionero. Y los hijos, dos mozallones muy dados a la caza, celebraban siempre la fineza de su casta, su prontitud en el atisbo de todo movimiento y en recoger los apartados y sutiles rumores. Semejaba dormir, y temblaba y gañía con la pesadilla, y de súbito precipitábase en la llama del paisaje con las orejas juntas y altas y el hocico ávido, porque allá en lo recóndito de las soledades pasaba una graja, o un blando viento había meneado el bausán de los moscateles maduros.

—¡El *Noble* ha de ser de nosotros! —decía Francisco de Almudaina.

Y al dueño se le paraban los ojos llagados y se le sonreía su boca blanda, respondiendo:

—Sí, señor; sí...

Y tocaba con el carcañal a su gomecillo, que le lamía y rosigaba el talón, todo de callo.

¡Cómo habían de quitarle el perro estas ánimas tan honradas, que sólo por la mucha voluntad que le mostraban le acogían y le pagaban los rezos en todas las haciendas del contorno! Y rehundía la cuña recia de su pulgar en el vientre de la guitarra. Zumbaba un flojo bordoneo, y entre las quijadas roídas del mendigo iba barbotando la oración de los pardales de San Antonio.

Pues otro viernes le dijo el padre labrador:

—Mira, Andrés, que los chicos no me dejan, pidiendo tu *Noble*.

Se le quebró la copla de la Verónica al oracionero; sus órbitas heladas, que recibían impasibles el sol de los caminos, se le estremecieron muchas veces, y a poco murmuró:

—Sí, señor; sí... ¿Pero cómo me gobernaré si me quitan al *Noble*? Hay por esos campos balsas y caleras...

—Aquí no se piensa en quitarte al podenco, sino en mercártelo.

—¡Sí, señor; sí!

—¿Tú no enseñaste al *Noble* a lazarillo? Pues toma otro y tráelos juntos basta que el nuevo aprenda el oficio; y si el *Noble* hace bondad en la casa, a buen seguro que se regodee de su sino. ¿No te contenta?

Y la voz del padre labrador se hinchaba de mandato.

Por eso Andrés buscó otro perro y lo trajo uncido al dogal del *Noble*. El nuevo era rojo, trasijado, sin cola ni orejas, siempre tembloroso de calambres y de sustos. Los hombres y los chicos le apedreaban: le apedreaban sin querer; era de esos perros sin raza, huido de todas las aldeas, que pasan corriendo torcidamente, y de súbito se paran porque alguien viene, y vuelven a escapar, y entonces el que venía se dobla, alcanza un guijarro y se lo tira por ver si le acierta, y siempre atina, que el perro rebota y plañe y se aparta cojeando... Cuando llegaba a los muladares, sus hermanos los perros nómadas le acometían aunque estuviesen hartos. Sólo un hombre le dio pan y le rascó la cerviz desollada; fue Andrés, que de paso lo ató. Todos los perros salían a ladrarle, escarneciéndole su cautiverio; algunos le mordieron en la matadura de la última cuerda. El cayado de Andrés quiso ampararle, y como era cayado de ciego hirió al protegido en la llaga vieja, y los otros brincaban rodeándole muy alegres.

✦

... Quedose el *Noble* en el casal. Zahareño y medroso estuvo al principio; después, el olor de la merienda le atrajo junto a las rodillas de las mozas. Ellas, riéndose, aparentaban no verle, y el podenco les puso las ruidosas fauces en el regazo con mucha sumisión. Apiadadas sus amigas, le dieron de su pan y companaje; pero estas mercedes no bastaban para la voracidad del *Noble*, que, oliendo la abundancia de las alacenas, parecía sentir entonces todas las hambres de su antigua servidumbre. Las tres hermanas cocieron sopas con la suculencia de algunos quebrantos, y el *Noble* gozó la primera hartura de su vida, mientras los ojos del gato le aborrecieron desde la artesa, y en el sol de los corrales resonaban ferozmente las carlancas de los dos mastines.

Amaneciendo el domingo se fue el *Noble* con los mozos a la sierra. Retozó y ladró de júbilo, viéndose en la amplitud de los campos sin soga ni tirones de ciego y sin tener que seguir las mismas sendas de todos los días; y se hundió en las matas, y se revolcó en lo liso, y hasta se gallardeó en el borde de los barrancos, volviendo la cabeza para saber si le miraban.

Los amos arrojaban piedras, y él se las traía haciendo cabriolas. Pasados ya los primeros ímpetus de la holgura, mostrose con aquella listeza que todos le adivinaran, porque, de súbito, se puso muy erguido, venteando anhelosamente lo remoto; encontró rastro, y fue alejándose; se contenía para escuchar y oler, y perdiose dentro de la breña. Pasó tiempo. Los mozos le llamaron silbándole, gritándole, y miraban con ansiedad la ondulación de la montaña, que reposaba muy hermosa sobre el azul. Y por allí surgió el

Noble. Venía lisiado y prendido de zarzales y jaras; y cuando estuvo cerca, vieron que le colgaba de la boca un gazapo palpitante, de ojos gordos y húmedos de miedo, arrancado del calor de la madriguera.

En la heredad se celebró mucho la aventura del *Noble*, y le agasajaron con pan untado de miel.

A la otra tarde salió el perro, subiose por los bancales de viña y desapareció en el pinar. Tornó de noche, sediento y cojo, y buscando a la mayor de las mozas, postrose a su vera, ofreciéndole un conejo recién parido. Y así sucedió otros días.

Todos estaban maravillados, y la hija grande esperaba al *Noble* en el portal con la dulce recompensa. Y es que precisamente la hija grande cuidaba del corral de los conejos, que no eran como los otros conejos de la tierra; los melindres de estos animalitos para comer y su elegancia para salir a solearse semejaban de humana criatura, pero de buena crianza. Todo se debía a la moza, que hasta reglamentaba severamente la fecundidad de las hembras, sin que estos íntimos menesteres sobresaltasen su virginal pureza.

... Vino el viernes y la hora del oracionero. La masía se llenó del alborozo del Noble. Saltaba a los hombros de su antiguo amo y le pasaba todo el latido de la lengua por las mejillas aborrascadas de barba, barba de pobre; y cuando Andrés comenzó los milagros de San Antonio, el perro juntose con su substituto, oliéndole y mordiéndole en bromas la raíz de sus orejas amputadas, y acabó por agobiarse bajo la sillica del ciego, y estuvo lamiéndole las esparteñas, y se durmió y pasó pesadilla como en sus tiempos de mendiguez.

Cantada la última oración, levantose Andrés, y el *Noble* se desperezó y le siguió, muy avenido con el desorejado.

Salieron las gentes de la heredad para saber en qué pararía tanta ternura.

El grupo de conseja se apartaba por el sendero y la calina del rastrojo. Quizá las mozas querían ya correr para traerse a su valido, cuando le vieron quedarse reacio, tender el hocico y bostezar; finalmente se detuvo, ladró como disculpándose y despidiéndose de su compaña, y volviose muy contento a la masía. Esa noche no trajo ninguna presa del monte. Y esto desagrado a la buena familia labradora, no por la codicia de la caza, sino porque se quebrantaba una costumbre, y ya se ha dicho el sumo amor que allí se sentía por el método y la constancia en todas las cosas. Fue un fracaso que se emparejo con la malaventura, porque esa tarde averiguose que faltaba un conejo del corral.

Lloró la moza grande; porfió en buscarlo a la madrugada, y descubrió el robo de otra cría. Y cada mañana nuevas ausencias. Había un ladrón. ¿Quién era? Todos se quedaron cavilando, y de repente todos los pensamientos y miradas se pusieron en el *Noble*. ¡El *Noble* era; el *Noble*, que habiendo agotado los vivares fáciles de la serranía, robaba el corral y devoraba el hurto escondidamente! Y aquí estaba la novedad abominable: en comer lo de casa, cuando el ruin respetó lo ajeno. Los antiguos servicios y bizarrías se trocaban en fundamento de delaciones y agravios. Y el odio de la familia labradora a lo nuevo halló símbolo y hechura en el *Noble*. Agarrado el símbolo por el pellejo, lo sacaron al patio, y azotándole con un cabestro de nudos, iban mostrándole a los patricios animales, que presenciaron sentaditos y orondos como fetiches el castigo del facineroso. Y los hurtos siguieron, y aumentó la saña y la pena. Sólo la hija más chiquita supo perdonar al *Noble*, y por las tardes le daba recatadamente el pan y la miel.

Llegó otro viernes, y el buen Francisco de Almudaina devolvió el perro ladrón al oracionero, contándole a gritos todo el oprobio.

—¡Aquí nunca lo traigas! Y has de enmendarlo para bien tuyo...

—Sí, señor; sí.

Y Andrés humilló la frente y llevose al acusado.

... Pero a la hora del dulce mendrugo escapábase el *Noble*; estaba regostado al bienestar y anchura, y aguardábale la moza de la masía.

No acababa la perdición de los corrales; supo el campesino el merodeo, y una tarde apostose en lo oscuro del hogar. Vino el *Noble*, parose en el peldaño, y brilló una lumbre azul y retumbó un estampido de carabina vieja. Ladraron los mastines; acudieron todos. El *Noble* se revolcaba en las losas, y entre los colmillos le salía ensangrentado el delicioso pan.

✦

Descolgose la guitarra el ciego, y en tanto que la templaba dijo:

—¡Perdí al *Noble*!... No aparece por la aldea... ¡Hubiese yo vista para mirar los pozos! ¡Aunque ninguno hiede aún!

Francisco murmuró austeramente:

—Andrés: no hay que mentirte. Al *Noble* te lo matamos nosotros. Tomó mala querencia, bien lo sabes...

—Sí, señor; sí...

Salió toda agoniada la hija grande. ¡Faltaba un macho ya criado! Y por las bardas le advirtió el pastor que aquella noche de luna vio bajar por el torrente una raposa como una persona...

Los ojos blancos del ciego se dilataron de horror.

—¡Vaya, Andrés —dijo el buen Francisco—, no te apesadumbres, que no era el *Noble*, y sería su sino morir!...

—Sí, señor; sí...

Tablas del calendario entre El humo Dormido

El Señor sale de Bethania, y sus vestiduras aletean gozosas en el fondo azul del collado. Es un vuelo de la brisa que estaba acostada sobre las anémonas húmedas y la grama rubia de la ladera; y se ha levantado de improviso, como una bandada de pájaros que huyen esparciéndose porque venía gente; pero reconocen la voz y la figura del amigo, y acuden, le rodean, y le estremecen el manto y la túnica; le buscan los pies, se le suben a los cabellos; porque los pies y los cabellos y las ropas del Señor, y ahora ya la brisa, dejan fragancia del ungüento de nardo de la mujer que pecó.

La mañana de la aldea y del monte se rebulle muy mansa entre el abrigo del sol; y dentro del caliente halago aun queda un poco de la desnudez del último frío. El Señor se para y calla aspirando, por recoger más la delicia del aliento del día. Está todo redundado del precioso aroma. Un aroma promete una imprecisa felicidad, alumbra una evocación de belleza, es un sentirse niño, acariciado como niño siendo poderoso. Pero en la prometida felicidad siempre pasa un presentimiento de pena.

... ¡Jerusalén! Jerusalén graciosa y almenada; pechos blancos de cúpulas; jardines de las afueras con frutales floridos. Todo es bueno.

Jerusalén inmóvil y de oro. Y los discípulos del Señor la miran como una corona mesiánica que aguarda las sienes del Rabbi; ellos, ya se la habrían ceñido; y el Rabbi la contempla con dolorida inquietud.

La plata vieja del olivar vislumbra en la vertiente labrada. Tapias de yeso; cercas desnudas de bancales apeldañados. Sol en la peña. Y, en lo hondo, asomándose al torrente Cedrón, surge Bethfage moreno y apretado, entre cactus verdes y sepulcros de cal..

Llegan gentes con un ruido fresco de ramas cortadas, y trasciende la savia de la herida de los árboles.

Se dicen los prodigios del Señor, muestran a Lázaro, que también viene con la familia apostólica, y la boca seca del resucitado exprime una sonrisa de enfermo, y todo su cuerpo cruje entre los pliegues ásperos del sayal.

—¡Hosanna, hosanna al Hijo de David!

Y se remontan los gritos, y se hunden en la claridad de la mañana azul.

Ya los discípulos se sumergen en la evidencia de la exaltación gloriosa, ¿Cómo sentirán la evidencia del triunfo los que han de darla del todo a los otros corazones?

Una jumenta y su cría muerden el verde tierno de un vallado; la multitud las desata, y ellas se vuelven y miran dóciles y tristes. El Señor sonríe a todos, y tiende su manto sobre la piel gorda, trémula y caliente de la parida. Lo suben. Y principian a bajar la barranca.

Ahora está Jerusalén en lo alto; grande, fuerte y dura.

—¡Hosanna, hosanna! ¡Bendito el que viene en nombre del Señor!

Jadean los clamores en la cuesta.

Y el Señor, muy pálido, contempla la ciudad, se aflige y llora.

Así lloró, una tarde, mirando su Nazareth; y todo el monte resonaba de alaridos de injurias...

Entre las piedras viejas palpitan las palmas desnudas y graciosas; tienden sus cuellos buscándose, y se conmueve su hoja como un plumón finísimo bajo la caricia de un lazo blanco, azul, morado, grana... Se han criado penitentemente mucho tiempo, afiladas por un cilicio, ciegas, rígidas; y el sol y la noche envolvían a la palmera madre. Han recibido la luz y el oreo cuando no pertenecían al árbol sino a la liturgia; pasan y desprenden una emoción infantil y frágil; y tiemblan de frío de bóveda de Iglesia. Y siendo tan gentiles, tan delicadas, tan doncellas, se doblan para trocarse en cayado de un viejo que se cansa, de un general que se aburre en el presbiterio y no sabe cómo tener la palma y el bastón y la espada y su jerarquía. Nada tan rebelde a las manos como una palma, que es toda gracia.

Tres diáconos van cantando la «Pasión», según San Mateo. Hace un tono sumiso y amargo el que representa a Jesús; el cronista o Evangelista canta muy rápido; el otro, ha de contener en su voz todos los acentos de la Sinagoga, de la tornadiza muchedumbre; y de cuando en cuando, se atropellan, se equivocan.

En el confín remoto de nuestra vida se nos aparece intacta nuestra Jerusalén; y nuestras manos sienten la ternura olorosa de la primera palma, recta y fina, con su ramo de olivo; la que oímos crujir y desgarrarse contra los hierros de nuestro balcón una noche de lluvia, de vendaval y miedo.

Es mediodía; y salen las palmas ajadas. De la última cuelga un lazo de luto; es de una niña delgadita, y tan pálida, que su carne parece de corazón de palmera, y en sus ojos duerme un pesar de mujer y una desesperanza divina entre el júbilo y el sol del Domingo de Ramos.

LUNES SANTO

Sentimos en nuestro corazón y en nuestra frente la sequedad de la higuera que le negó su fruta al Señor en este día.

El Señor se vuelve a los suyos, que se pasman del súbito agotamiento del árbol maldecido, y les dice:

—Si hubiere fe en vosotros, si no dudareis, no sólo haréis lo que yo hice con la higuera sino más aún, porque si dijereis a este monte: «¡Apártate y húndete en el mar!», será hecho.

Señor: ya no estás tú a nuestro lado. Tuvimos fe, y el monte nos circunda. Vino otra vez el Señor al Templo. Le rodeaban los que no le creían, y él les refirió esta parábola:

—Un hombre tenía dos hijos; y llegando el primero le ordenó: «Hijo, ve hoy y trabaja en mi viña». Y él repuso: «No quiero». Mas, después arrepintiose, y fue. Y llegando al otro le dijo del mismo modo; y le contestó: «Iré, señor». Mas, no fue. ¿Cuál de entrambos hizo la voluntad del padre?

Las gentes le responden:

—Le amó y obedeció el primero.

Y Jesús, entonces, les dice:

—Pues como él serán los publicanos, los samaritanos, las rameras, los gentiles, que han de ir antes que vosotros al Reino de Dios.

Y oyéndole se revuelven y murmuran los sacerdotes, los fariseos, los saduceos; y odian más al Señor, porque no amándole ni creyéndole, tampoco renuncian a la recompensa, aunque sea del aborrecido.

Señor: venga a nosotros la alegría, la largueza, la sencillez y el ímpetu infantil del samaritano; que nos sintamos, que nos encontremos a nosotros mismos hasta en la confusión del pecado.

Hoy, Lunes Santo, en la misa, el celebrante ha leído estas palabras del profeta de magnífica lengua.

—El que caminó en tinieblas, el que no tiene lumbre, espere en el nombre del Señor, apóyese sobre el hombro de su Dios.

Bien sabemos que han de venir desfallecimientos y postraciones; pero aparta de nosotros la maldición de la sequedad.

Se contrista el Señor pensando en su muerte, y exclama:

—Y si yo fuere alzado de la tierra, todo lo atraeré a mí mismo.

Entonces, los que le escuchaban se encogen de hombros y le dicen:

—Por los Libros Sagrados sabemos que el Cristo permanece para siempre; pues, ¿cómo tú, que afirmas serlo, nos dices: que serás alzado, que serás quitado de nosotros?

Y algunos comprenden que le habían estado atendiendo de buena fe; y darse cuenta de la buena fe es empezar a perderla.

Lunes Santo, bello basta en su nombre. Llegan las horas de la aflicción del espíritu, que ha trastornado las entrañas de los siglos.

✦

De un momento a otro, disputarán los hombres si ha de parar o no ha de parar, en estos días santos, el tránsito rodado por en medio de las ciudades. Son los encendidos confesores de la idea purísima religiosa y de la idea gallarda del progreso.

Hoy, el Señor, deja también el refugio del hogar de Lázaro para ir a los Pórticos del Templo.

La casa de Lázaro, lisa, encalada, resplandece al primer sol del día; detrás, sigue el huerto de cercas blancas; salen los frutales juveniles y una vieja vid que ya retoña. Hay un almendro con el frescor de la pelusa verde, un verde recién cuajado que se transparenta todo y parece humedecido como después de una lluvia buena. Los manzanos, los ciruelos, los perales entreabren sus rosas de leche.

Sobre el azul resalta la aldea, que parece toda de vellones; el verde, de jugo; los árboles como cristalizados en una salina. Y el Señor, que ya bajaba la gradilla del terrado, se descansa sobre el barandal de palmera, y sus ojos se sumergen en la derretida miel de la mañana.

La madre, y Marta, y María, contemplan al Señor desde el cenáculo de la casa. Han llegado nuevas de asechanzas. Jerusalén urde la perdición del Rabbi. Adictos poderosos, como Nicodemus y Josef, que pertenecen al Sanhedrín, le avisan que se aparte de la ciudad que mata a los profetas. Pero los discípulos le aguardan; traen sus cayadas y se han ceñido ya el manto para caminar más ahína.

Las hermanas de Lázaro le piden al Señor que no se desampare; desde el sosiego de Bethania puede ofrecer la luz de su palabra. La madre le mira escondiendo su congoja. He aquí la sierva del Señor. Y los discípulos le esperan afanosos. ¿Retardará el Maestro sus promesas? Se abrasan en la sed de su salvación; y las almas puras y exactas no buscan ni ven en toda su vida y en la vida de todos los hombres sino la salvación propia.

Y el Señor deja el hogar de Lázaro. Los discípulos le rodean, y avanzan exaltados y fuertes. Hoy arribarán caravanas pascuales de Alejandría, de la Perea, de la Dekápolis, y han de acudir más gentes al Santuario por escuchar al Rabbi, el Rabbi que sólo es de ellos; y la llama de júbilo que arde en sus ojos no les deja ver la tristeza de la mirada del Señor ni el recelo que encoge a Judas. Judas siempre camina apartado, y sus sandalias rotas chafan los lirios más azules, las asfodelas más encendidas que renacen en la miga del monte...

Hoy el Señor olvida todos sus cansancios y desconfianzas viendo a un escriba muy cerca del Reino prometido; porque este hombre ha confesado que sobre todos los deberes ha de culminar el del amor a Dios y al prójimo.

El escriba dijo que amar al prójimo como a sí mismo era más que todos los holocaustos y ofrendas, y el más grande mandamiento de la Ley.

Tan cerca se puso del Reino de Dios, que ni los evangelistas pudieron anotar su nombre.

... Esas calles viejecitas que se trenzan y retuercen en torno de la Catedral o de la Colegiata, siempre reposan en una umbría de pasadizos abovedados; pero, estos días, es de más suavidad la penumbra de sus losas, y se percibe un regalado olor de pasta hojaldrada, de azúcar quemado, de arropes, de manjar de leche; un olor de fiesta de santo de una familia muy cristiana. Si se abre un balcón o alguna cancela, sale un aliento de claustro; y ya los claustros y los jardines respiran un aroma de acacias y de naranjos, que son carne de flor. La misa de hoy es lenta. Las mujeres sienten en sí mismas la gracia de la primavera y de la mantilla; y entre sus dedos enguantados resplandece el abierto canto de oro de la Semana Santa, «por don José María Quadrado»; la última edición, según las nuevas Rúbricas, y ya está perfumada como el Rosario, los guantes, el pañolito y todas sus ropas, el mismo perfume de sus ricos armarios que, al abrirlos, parecen frutales en estos días del mes de Nisán. «... *Passio Domini nostri Jesu Christi secundum Marcum*...». Y han ido leyéndola las novias con un rumor de abeja del panal de su cuerpo, sintiéndose hermosas y tristes de compasión por Nuestro Señor Jesucristo... Y los inflamados devotos se crispan de rabia contra los judíos... ¡Amar al prójimo como a sí mismo!... ¡Y piensan en los judíos, van recordando al prójimo, y se dicen que si ellos hubiesen sido o si ellos fuesen, nada más un instante, Nuestro Señor Jesucristo!...

«¿Quién es éste que trae sus vestiduras bermejas, como untadas de vendimia?... El lagar pisé yo solo; no hay hombre alguno conmigo; yo los rehollé, y su sangre salpicó mis ropas».

Así entra el Señor en los atrios que retumban del trastorno de las ferias y de los romeros de la Pascua. Todos los caminos de Jerusalén vienen henchidos y tronadores de caravanas blancas, fastuosas, joyantes, como navíos gloriosos; caravanas foscas, de dromedarios flacos y peludos, de gentes mugrientas.

Jerusalén es oleaje y noguera de sayales, de pieles, de gritos. Frutas en cuévanos, frutas en támaras, que evocan todo el árbol; cestos de peces, manojos de aves, urnas de bálsamos y resinas, ánforas de vinos, de aceites y mieles; temblor de blancura de recentales... Aromas, estiércol, razas y sol. Entre las almenas y torres pasan y vuelven las palomas, dejando una sensación de pureza y frescura en el azul seco, calcinado, de cielo de ciudad en colmo, sudada, clamorosa...

Víspera de la preparación de los Ázimos.

El Señor y los discípulos tienden las multitudes. Pies, ancas, puños, gañiles de plebe apretada. Se atropellan, se rasgan, se llaman. Y la voz del Rabbi se disipa en el estruendo de los pórticos. No la recuerdan, ni atienden. Se han hundido en un pasado de dos días los hosannas de los hijos de los hebreos. La mirada de los discípulos tiene un aturdimiento infantil y amargo, viéndose desconocidos en el mismo lugar de su triunfo. De nuevo fermenta bajo las bóvedas santas la costra de los mercaderes. La mano del Señor los arrancó de la Casa de su Padre, y han vuelto las moscardas a su querencia. Cerca del Gazofilacio rebullen los levitas; se agrupan los fariseos rodeados de devotos. Y avanza el Rabbi, que «camina entre la muchedumbre, mostrando su enojo y su fortaleza», según la palabra de Isaías.

Ellos sonríen, viéndole solo y olvidado entre la confusión. Y la voz del Señor se levanta revibrando como una espada, y acomete a los «guías ciegos», a «los que limpian el vaso por fuera, sin reparar en la inmundicia de lo hondo», «sierpes y raza de víboras en quien caerá toda la sangre inocente vertida sobre la haz de la tierra, desde la sangre de Abel hasta la de Zacarías, que fue herido delante del altar...».

Pero más que su grito se oye el torrente de riquezas y dones que baja por los doce caños a las arcas del tesoro sagrado. Los mismos discípulos se distraen mirando el resplandor de las ofrendas de los poderosos. Y el Señor les busca y los recoge, y conmovido les muestra a la viuda pobre, que recatadamente deposita dos monedas, las cuales apenas alcanzan el valor de un cuadrante.

Todavía vuelven sus ojos los discípulos para ver la abundancia, y exclama el Señor:

—Mirad que esta mujer da más que los ricos; porque los ricos dieron de lo que les sobraba, y ella ofrece todo su sustento.

... Aun no viene el hijo, no viene el Señor, y la aldea y los senderos van llenándose de luna. La quietud es tan tierna, que la estremecen las más frágiles elictras y los ladridos de perros y chacales que están en lo hondo de muchas leguas. Bethania y el monte parecen contener su aliento, como el que aguarda contiene su pecho para oír y acercarse lo remoto. Y la madre del Señor y las hermanas de Lázaro pasan solas, calladas y leves; salen a la ladera, y sus mantos mueven la lumbre dormida y deshilada de la luna... Les sobrecoge el desamparo de la sierra en la noche tan grande, tan clara. Un chasquido del breñal hollado, una guija que ruede sobresalta el silencio, apresura el aleteo de los corazones. Y al transponer la cumbre se aprietan como corderos y gimen de felicidad. ¡Allí está el hijo, allí está el Señor! Se ve el contorno de todos sobre el horizonte del Santuario y de la ciudad temida.

Las mujeres se esperan, se recogen para escuchar. ¿De quién hablará el Señor? Porque acaso las recuerde a ellas; pronunciará sus nombres entre la dulzura de la noche en que ellas se agoniaron aguardándole.

El Señor decía:

—¡Me mostráis esos muros por hermosos y fuertes! ¡Y yo os digo que no quedará piedra sobre piedra!

✦

... «*Zelus domus tuae comedit me...*».

Y va resonando la primera antífona del Oficio de Tinieblas. Una lámpara olvidada crepita de sed, y el júbilo del sol, un sol rural, gotea una lápida y sube por la percalina morada de los retablos ciegos. Humildes, inmóviles en el trozo de tarde, lucen los quince cirios del tenebrario. Quejumbran los canceles y pasa un bullicio de rapaces; porque no hay escuela, y vienen a la parroquia y ayudan a limpiar candeleros y la urna, que tiene dos ángeles de rodillas y un sol con dos rayos rotos.

En las bancas duermen mendigos y abuelas, mientras dos artesanos conversan familiarmente, y clavan el monumento viejecito de todos los años.

Acuden ya damas piadosas con sus hijas, para oír el *Miserere*. Cruza un beneficiado que sale del coro, y ellas le incorporan los sufrimientos de Nuestro Señor, y piensan en la fatiga litúrgica de estos días.

Nada más quedan encendidas en el triángulo dos candelas verdes. Están más foscos los altares. Se difunde un rumor y aroma de piedad y de tiendas, porque muchas familias vienen directamente de la calle Mayor. Pronto se cerrarán los comercios, como se han cerrado los teatros basta el cántico de Aleluya. No hay otra orquesta que la del Miserere; y un barítono descreído, que pertenece a la suprema elegancia de la ciudad, tiene un «solo» en el «Quoniam iniquitatem...». Suspiran los violines y las penitentes, y se ha escondido la estrellita de luz de la vela blanca, y los muchachos se aperciben muy contentos para el estrépito de las tinieblas.

... Al salir del Oficio nos acoge el cielo claro y fragante de la luna de Nisán. Y toda la magna noche es un íntimo convite de delicias para los que sólo poseen la destilación de su voluntad y de su vida, el alimento de su espíritu, que en moneda apenas alcanza el valor de un cuadrante, como la ofrenda de la viuda pobre.

JUEVES SANTO

Tocan las campanas delirantemente. Las torres semejan molinos con las velas hinchadas y joviales.

Van pasando unas nubes muy raudas y bajas, de blancura de harina y espumas, frescas, pomposas; y la ciudad, los huertos, los sembrados, los rediles y alcores se apagan, se enfrían a trozos; y en seguida vuelven a la claridad caliente y cincelada.

... Ornamentos de tisú blanco y de oro; nieblas retorcidas de incienso, cánticos y clamores triunfales de órgano, júbilo magnífico del «Gloria in excelsis...». Y de pronto, se duermen las campanas; y en el día extático, ya todo azul, comienza un coloquio de gorriones, de niños y jardines. Un águila que pasaba se ha quedado mirando la quietud del valle; después ha seguido volando, todo el cielo callado para sus alas rubias.

Y un abuelo nuestro entra despacito en su casona. Le reciben las hijas, que todavía traen las joyas y galas rancias de los Oficios, porque, acabada la comida, han de salir con el hidalgo a visitar los Monumentos. Le toman el Eucologio grande de piel, el eminente sombrero de castor, la caña de Indias... ¿Qué tiene el padre? Le ven en la frente un hondo pliegue de cavilación, y su faz gruesa, rasurada y pálida, denota un agravio grandísimo. ¿Qué le pasa al padre? El caballero se derrumba en una butaca que parece vestida de sobrepellices recién planchadas. No puede contenerse, y exclama:

—¡Ya no queda crianza ni piedad en el mundo! ¡Hoy, Jueves Santo, y un labrador fumaba y se reía con otro en medio de la calle! Yo lo he visto: en la calle de San

Bartolomé... ¿No pensáis en lo que se apenaría vuestra madre, si viviese? Las hijas piensan en la madre, que estaba hoy tan hermosa, con el traje negro brochado y las alhajas arcaicas que ahora llevan las tres huérfanas en sus senos de virgen y en sus pulsos y dedos de cera.

... Nuestras pisadas parece que resuenan en las losas venerables de Jerusalén. El obispo y su cortejo salen del Lavatorio. Rebullen felpas, sedas, blondas; se estremecen muchos párpados, esperando la gracia de la bendición, y el sol se quiebra en la amatista del prelado.

Retumban los zapatones militares; viene un macizo de charol de ros, de paño recio, de piel campesina, de manos gordas, que revientan por el algodón del guante y se mueven exactas en péndulo de ordenanza.

Plañen los mendigos. Cruzan dos frailes. Surge un vuelo de tocas de las hermanas de la Caridad, y desfilan los niños del Hospicio, que se vuelven mirando las confiterías, y una monja descolorida y enjuta les recuerda que el Señor padeció y murió por todos nosotros. Un ciego canta la oración de las divinas llagas. Un coche hiende el recogimiento como si lo rajase con una proa de herrumbre y de escándalo. Detrás de una vidriera se esfuman las mejillas de un enfermo. Gentes mudadas platican en sus portales. Pasan eclesiásticos, familias, novios, amigos, viejos... mozas y anacalos[7] que vuelven del horno, dejando un olor de pastas tibias. Cuelgan banderas a media asta, menos la bandera del Círculo Republicano, en cuyo dintel hay un

---

[7] anacalo: Criado de la tahona que va por las casas por el pan para cocer.

cartelito con letra del conserje, que anuncia un «Banquete de promiscuación para los señores socios», y una viejecita, que pasaba rezando, se aparta, se atropella, asustada, porque de un momento a otro puede caer el rajo de la ira de Dios. Y va rodando, rodando, la carraca de la Catedral...

Las iglesias se quedan solitarias. En los monumentos hay algunos cirios apagados, porque se retorcían devorándose a sí mismos. Se aprieta el olor de cera derretida, de flores cansadas; se deshoja una rosa carnal y zumba un insectillo. La urna del Sagrario exhala una pompa hermética de ara, de trono y de féretro. Un congregante abre la puertecita del claustro, y entra un deleitoso oreo y palpitan las luces, despertándose.

Los claustros, los jardines, aroman bajo la luna llena, la luna de Gethsemaní.

... El Señor se angustia, acude a los discípulos, que ya se rinden con el sabor del vino de uva roja y de las hierbas amargas de la Pascua. Se aparta de ellos, se postra implorando, desfallece y está solo y triste hasta la muerte. Los mártires cristianos tendrán a Jesús para ofrecerle cada una de las convulsiones de su tormento, y su quejido les abrirá las puertas azules de las dulzuras eternas. El Señor vacila y le pide gimiendo al Padre que traspase de su boca el cáliz amargo; y la voz y los sollozos divinos se pierden en la soledad, porque, ¡a quién pasaría su cáliz, si hasta los discípulos duermen al amor de las oliveras húmedas de luna!

El Señor ha de aceptar su muerte. Y aparece en la granja el hijo de perdición.

Fue entonces la hora propicia; porque en estos tiempos, Señor, no te clavarían; ahora te dejarían morir solo, y quizá ya te negaras a resucitar...

Viernes Santo

En una peña podrida de las afueras has agonizado,
Señor. Desde la cruz oías y velas el júbilo de los caminos
y de la ciudad. Dentro de la ciudad, en el frescor de las
fuentes, de los aljibes, de los toldos y bóvedas, en los
cenáculos y portales, la multitud se sentía buena, exaltada
de amor a la tierra que tú, Señor, le prometiste. La tierra
retoñaba en los días tibios y claros de Nisán.

... Polvo y estiércol de ganados; camellos inmóviles
mirando el fuego donde cuecen el pan de la Pascua las
mujeres de los aduares; gusanera de hijos entre pienso,
cántaras y andrajos; vírgenes descalzas, de cabelleras que
relucen de aceites, y, encima, un ánfora recta y roja sobre
el azul; viejos de sudario pringoso, de barbas de crin, que
hunden sus ojos amargos en los mercaderes sirios, fellats[8] con
callos de bestias, gentiles y rameras que muerden naranjas.
No caben en la ciudad, y se amontonan en los eriales; y
de rato en rato, se vuelven hacia el cerro de la ejecución.
Algunos suben; miran los contornos de Jerusalén; pasean
conversando bajo las cruces; reparan en una llaga, en una
mueca, en una deformidad de un ejecutado; saben que este
suplicio suele ser lento, y vuelven a su corro para esperar
lo último.

No te conocían, Señor. Estabas solo; los que te siguieron, te dejaron; y escondidos en la ciudad, también
aguardaban y querían que todo acabase.

---

[8] fellats: *fellah*; campesino arrendatario en árabe.

La ciudad, la obra de los nombres y lo menos humano, te mataba.

En los senderos de las aldeas, de los bancales y de la montaña; en los campos de viña, en la ribera del Genezareth, vivías confiadamente. Para presentir un peligro te había de llegar la palabra de la ciudad o habías de volver tus ojos bacía el horizonte árido y duro que ocultaba a la ciudad que mata a los Profetas, la que Tú quisiste proteger y transportar bajo tus alas, como hace el ave con sus crías recién nacidas.

Mañanas de los ejidos que huelen a tahona. Siestas en un hortal galileo; olor de verano bajo las higueras calientes. Tardes en los oteros; las gencianas, el cantueso, las alhucemas, los lirios perfuman la orla de la túnica. Noches de las orillas del lago; aliento de la sal. Estrellas; anchura callada. En aquel tiempo, Señor, ¿no se estremecían tus entrañas de hombre dentro de una llama gozosa que subía calentando las cumbres de tu divinidad? ¿No pasó delante de tus ojos una promesa de bien del mundo que Tú modelaste, de la hermosura de los corazones, sin exigir el sacrificio de tu cuerpo? Te rodeaban las gentes creyéndote por amor, y en sus ojos Tú veías el júbilo honrado del paisaje, una humedad de lágrimas que te pedían la gracia y la salud; bebían la presencia tuya. Casi ya sonreíste, mirando hacia tu Padre que está en los Cielos, y casi ya le dijiste, mostrándole a sus criaturas:

—¡Son mejores, Padre; son mejores de lo que Tú y yo creíamos en la soledad de la gloria! ¿Es que no será menester que yo muera?

La invocación que luciste al Padre en la última noche estuvo a punto de prorrumpir, entonces, de tu boca, mojada de la delicia de las frutas y de la lluvia recogida en las cisternas. En aquel tiempo hubo horas dichosas para anticipar la plegaria, no sólo protegiendo a los once que permanecieron a tu lado y que después huyeron de Ti, sino amparando a todos. ¡Yo en todos, Padre, y Tú en mí!

Lo has ido recordando bajo los olivos y la luna de Gethsemaní, y ahora, en la cruz, desamparado y sediento. Se oye tu grito de desconsuelo de hombre y de Dios: —¡Oh, Padre, es menester que yo muera! Mueres desnudo, encima de un cerro que parece una vértebra monstruosa y calcinada. Tus fauces, de una sequedad de cardencha,[9] asierran el aire; tus oídos se cuajan de sangre, cerrándote de silencio, silencio con un tumulto de latidos de cráneo, y calla para Ti la tierra que tanto amaste y el cielo donde ya no ves el camino que te trajo a los hombres; silencio de agonía, con un zumbar de moscas que chupan el sudor de los moribundos.

Un vaho de costra humana ha subido a tu nariz aguda de cadáver.

Han matado en Ti el hombre que era el arca de Dios, y quedará el rito y la doctrina intacta...

... La voz cansada y turbia del diácono va diciendo el flectamus genua al principio de las grandes plegarias. Después se postran descalzos los sacerdotes para besar la cruz recién salida del triángulo negro. *Ecce lignum crucis.*

Dos cantores claman:

«¡Pueblo mío! ¿Qué te he hecho, o en qué te he contristado? ¡Respóndeme!».

Señor: amaste y perdonaste. En la hora sexta te izarán en la cruz.

Prosiguen los versículos de los *Improperios.*

«... ¡Y abrí el mar en tu presencia, y tú abriste con la lanza mi costado!».

Todo el coro va repitiendo:

---

[9] cardencha: cardón, planta espinosa.

«¡Pueblo mío! ¿Qué te he hecho, o en qué te he contristado? ¡Respóndeme!».

No lo supo aquel pueblo, y este pueblo de ahora encuentra ya santificada la lanza que rasgó tu carne.

Están apagadas las lámparas; los altares, sin cirios y sin ropas; las sacras, caídas.

Pasa la luz por los canceles abiertos; en seguida se contiene en las losas. Humea la tiniebla de la nave, apretada de devotos que asisten a los Oficios.

En lo profundo alumbra desmayadamente el Monumento. Han envejecido las flores, las palmas y los damascos. El oro es casi ocre; la cera se arracima en los hacheros; el palio, plegado, se recuesta contra un muro; las alfombras quedaron como la hierba después de una romería. La Urna da un temblor de estrella en el amanecer.

El Monumento tiene un frío, una crudeza de intimidad perdida, un cansancio de capilla ardiente pasada ya la noche de vela.

... Principia la Misa de Presantificados y desciende de los ventanales del crucero un humo trémulo de sol que florece de arcaicos colores en la piel de ámbar de una mujer llena de gracias de su cuerpo y de la Primavera, una virgen con mantilla, arracadas de imagen y medias de seda. El carmesí de un manto de Rey, el violeta de una túnica de santa, el amarillo de las alas del ángel de una Anunciación, el verde de un campo bíblico, todo el iris de un vidrio miniado como la vitela de un Códice se hace carne de juventud, estampa una mariposa que palpita en el escote, en las mejillas, en la frente, en la blonda y en los cabellos.

El oficiante devuelve el incensario al diácono recitando.

Accendat in nobis Dominas ignem sai
amaris, etflammam aetemae caritatis...

Los devotos, incluso una soltera ferreña, sobrina de un canónigo, y el mismo Maestro de Ceremonias, contemplan la mujer policromada místicamente de gloria de siglos. Sus ojos y su boca se vuelven zafiro, amatista, granate, calcedonia, topacio; son de una inocencia de perversidad exótica, mientras miran y rezan a Nuestro Señor Jesucristo enclavado, y rezando alza la faz siguiendo la orgia de colores; porque se adivina a sí misma bajo la proyección de un foco de magia, como el que alumbraba la danza de una bayadera de piel de serpiente, que vino al Teatro Principal...

... Las doce. La hora sexta. Las Siete Palabras. Un sermón para cada uno de los siete gritos de la agonía de Jesús.

Señor: tus gritos de moribundo, gritos de entrañas hinchadas por las enfermedades que súbitamente engendra el tormento de la cruz; tus gritos convulsos de frío de fiebre bajo el sol de la siesta de Nisán; tus gritos de abandono en una cruz viscosa de gangrena y de sudores de tu desnudez, son el origen de siete curvas oratorias. Un sexteto dilata la emoción de la palabra. De las torres de la ciudad sale el vuelo de las horas encima del silencio del Viernes Santo.

... Por la noche, después de la procesión del Entierro de Cristo y de los sermones de la Soledad, se cierran las iglesias como la casa de un muerto cuya familia se ha ido al campo para pasar allí el rigor del luto.

La ciudad también semeja cerrada como un patio muy grande lleno de luna, la luna redonda que se quedó mirando el sepulcro del Señor.

...Y antes de cenar, los niños recortan las aleluyas del toque de Gloria.

SÁBADO SANTO

Toda la casa duerme en el reposo sabático. No sale el ruido de la muela harinera, que es el rumor de vida de Israel; y en el sol de las tierras hortelanas, no brilla la carne sudada de los siervos agrícolas, los fellats desnudos, flacos y grandes.

Josef de Arimathea va descogiendo y meditando los pergaminos de las filacterias. San Mateo le llama a este creyente: «hombre rico»; san Marcos: «noble sanhedrita»; san Lucas: «varón bueno y justo»; san Juan: «discípulo oculto de Jesús».

Solitario de sus caudales, de su prosapia y de sus virtudes, ve hoy el desamparo de su pensamiento, la soledad de su fe en el Señor tendido ya una noche bajo la bóveda de roca que el patricio hizo cavar para su carne vieja.

Josef abandona los textos mosaicos y vigila el sepulcro. Han sellado el sepulcro los que niegan la resurrección del Rabbi; porque nada tan invencible como el súbito, el escondido y resbaladizo temor de que suceda lo que no se cree; y el saduceo, el fariseo, los sumosacerdotes temen la resurrección del Cristo, aunque fuese impostura para ellos; y acuden a Poncio pidiéndole: «Manda que se guarde y selle el sepulcro hasta el día tercero, no sea que vengan los discípulos y hurten el cadáver y digan a la plebe: Resucitó de entre los muertos; y será el peor engaño».

Josef se estremece pensando si no será ese miedo la equivalencia al otro miedo de los hombres, de que no se cumpla lo que su fe les tiene prometido.

Quiere confortarse repitiéndose palabras de Jesús. El Señor ha dicho: «¡Por ventura fructificará el grano de trigo si no se le entierra!». Pero Josef siente ya el cansancio de los días y el de la aflicción del viernes tumultuario y trágico. Hoy se ve solo a sí mismo. Las mujeres que asistían al Maestro preparan escondidamente los aromas y vendas para acabar de ungir el cadáver. Los discípulos han desaparecido. El Rabbi lo predijo con el profeta: «Dice el Señor de los ejércitos: Hiere al Pastor y se dispersará el rebaño». Josef se va acercando a la cripta. Hoy el silencio de la peña le traspasa la frente, se prolonga en el huerto; y el varón justo se vuelve a todo para escuchar.

Suben las golondrinas, volcándose rápidas y gozosas en el azul. Toda su verdad la tienen en sus alas; y el anciano mira la tarde y se angustia porque está solo con el muerto y su fe.

✦

... Amanece el sábado calladamente. Las piedras quedaron goteadas de las hachas de las procesiones del viernes. Todavía remansa el olor de las flores pisadas, que se deshojaron sobre la cruz y hay un vaho de aceites y vinos de figón donde duermen los «nazarenos».

Sábado Santo de generosidades. Se extrae del pedernal la centella virgen, y de su fuego la luz que va prendiendo las lámparas sin mengua de la llama originaria. Así nos dice el Señor que nos demos nosotros. Se bendicen los trabajados grumos del incienso; suavidad que procede del ahínco y arde en las ascuas nuevas. Así ha de quemarse la palabra en el corazón puro. Se traza el signo de la cruz sobre la faz del agua, y ya el agua es molde de la carne. Así nos troquela la vida lo que no puede recogerse entre las manos.

El diácono mudó sus vestimentas moradas por los ornamentos blancos. El tronco del cirio pascual retoña cinco yemas de perfume reciente. Viene ya el cántico del *Exultet*, el júbilo de la Aleluya vibrante de campanas.

Porque como el Señor ha de resucitar, no importa que nosotros le resucitemos antes del tercer día. No podemos vivir consternados tanto tiempo; y arrancamos un día de fe de dolor para pasar a la afirmación ancha del gozo.

Josef de Arimathea, el varón bueno y justo, permanecerá siempre solo el Sábado Santo, él solo con su fe, la verdadera fe, que hace sufrir, y la sepultura sellada.

LA ASCENSIÓN

Para este día profiere David el salmo de júbilo y de triunfo: «¡Alzad, oh príncipes, vuestras puertas; abríos, puertas eternas, y entrará el Rey de la Gloria!».

Nosotros, en la víspera de la Ascensión, levantamos las puertas de la vida de ciudad para vivir el día escogido que llega palpitante entre el humo dormido al día nuevo. «Un día produce su palabra a otro día».

Y sentíamos una timidez y como la virginidad de nuestros deseos y de nuestras acciones por la conciencia de saber que habríamos de vernos en la distancia de las horas.

... Olor de fresas y naranjas en manteles de familia; olor de espigas granadas, de rosas gordas encendidas, de retamar en flor, de fiesta vieja y magnífica.

Atravesaba el tren los paisajes, rasgando su paz, levantando a las alondras de las mieses.

Y los pueblos, pueblos morenos, trabajados, juveniles y nítidos, en tumulto de laderas o en quietud de llanura, se quedaban mirándonos; siempre había un ave que pasaba coronando la torre; y todos mostraban el rasgo, la tónica agreste que compendia la visión de lugar: un camino de chopos tiernos, estremecidos; un ciprés que acuesta su sombra en un portal; saúcos apretados con sus panes de flor que parecen emerger en la faz de aguas verdes inmóviles; un árbol del Paraíso que huele calientemente a tarde, a tarde de mi tierra —por los vallados de sus jardines asoma este árbol de plata y los geranios de fuego; y el no estar allí nos nace sentirnos allí, olvidándonos de que hemos de abrasarnos en la lumbre de ahora para que exhale el humo que será el pasado.

—¿Habrá olivar, siquiera un olivo, por donde mañana pasemos, a mediodía?

Lo preguntaba como pidiéndolo una señora, llena de gracia, patricia y sencilla, de cabellos como un bronce glorioso, y los pies de un menudo aleteo infantil. Pertenecía a esa estirpe de mujeres que en todo ponen un cuidado, una ansiedad y una primorosa tristeza de madre que nos hacen buenos y confiar en la dicha.

Íbamos a los campos de Tarragona, y habría olivos. Los deseaba la señora para ver las hojas que se buscan y forman la cruz en la mañana de la Ascensión...

—¿Es que no lo creéis porque habéis mirado, ese día, los olivos, y no es verdad la leyenda? Y lo pronunciaba medrosamente. Pero nosotros nunca habíamos reparado en estos árboles en el mediodía de la Ascensión. De modo que por nosotros dormía la leyenda con su espina de oro de embrujamiento. Y quisimos también verlos a la hora que deben cruzarse, y no se cruzarían.

El padre Feijóo no creyó en las lámparas perennes del sepulcro de Palante, de Máximo Olybio, de Tulia, de los templos gentiles... Otros varones eruditos o rudos tampoco creerían en la realidad de estas luces perpetuas, que ardieron dentro de las losas y de sus siglos hasta que las azadas de los arqueólogos dejaron pasar el aire de fuera; y el ambiente libre las mató; pero las lámparas siguieron encendidas para muchos, aunque no creyesen. Porque un hombre puede sonreír delante de la conseja que ya no cree y «todavía» podrá gozarla. Menos el padre Feijóo, que hizo un discurso contra las lámparas perennes y las apagó definitivamente para sus ojos.

... Oímos misa, misa de la Ascensión, vibrante de canarios, en una iglesia de enjalbiego y ventanas de molino, y entraba un cielo geórgico y un ruido de agua de acequias. ¡Si pudiésemos vivir siempre en este lugar!... Y como no podíamos, quisimos ya marcharnos porque queremos «ese» instante, y ese instante necesita una seguida emoción para serlo y acendrarse evocadoramente. En aquella iglesia encalada resuenan todas las misas del día de la Ascensión; y si allí residiésemos siempre, llegaríamos a saber qué canario canta más cada año.

...Todo el valle se ofrecía desamparado y extático a nuestra ansia. Llegaba el mediodía... Ahora estaban los discípulos del Señor cerca de Bethania, en la cumbre del Monte de los Olivos. Habían retornado de Genezareth porque venía la fiesta de las Primicias. Fue rápida y encendida de visiones esta última jornada en la tierra suya. Cuando la dejaron para celebrar la Pascua de Jerusalén, quizá se volvieron muchas veces a mirarla despidiéndose de todos los contornos; se iban con el Señor a esperar el triunfo mesiánico. Y sonreían contemplando la Galilea, tan recogida y humilde. Todo cabía dentro de la emoción de lo familiar, como su celemín, su aljibe, sus redes...; y antes de ser llamados por el Rabbi Jesús, no tenían medidas los confines de su comarca. Y les mataron al Señor, y entonces, la Galilea retraída y suave, se alzaba prometiéndoles la clara memoria de la vida evangélica, el refugio de la presencia del Maestro resucitado. Otra vez la faena en las aguas cerradas del mar de Tiberiades, el sol del camino de Cafarnaum... Sentían al Rabbi entre ellos; venía su palabra encima del viento del lago; hallaban un signo de su aparición en la playa: las ascuas, los dos peces, el pan partido según lo rompían sus dedos... Pero, llegaba la solemnidad de Pentecostés, y acataron el mandato de acudir. Se entornaba la emoción de la Galilea.

... Y en esta mañana suben al monte del olivar. La claridad de los cielos de Oriente se hace lumbre en la peña, en los senderos, en las tapias, en las vestiduras, en la piel. Calina y silencio de mediodía y de montaña, donde se oye el temblor de nuestro pulso prolongándose sobre toda la calma azul... Y oyen al Señor: les promete la virtud de su Espíritu; les anuncia que ellos han de ser sus confesores y testimonios en Jerusalén, en toda la Judea y Samaria y en todos los términos de la tierra... «Y cuando esto hubo dicho —escribe San Lucas— se fue elevando y le recibió una nube que le ocultó a los ojos de ellos».

... Nosotros caminábamos por un valle fértil; de la frescura del verdor tierno salía un vaho de tierra estival; y encima de un otero plantado de vides resplandeció una nube blanca. ¡La Ascensión, la Ascensión!... Era la nube que recogiendo y ocultando a Jesús resolvió estéticamente que su figura divina se elevara sin menguar en las distancias de los cielos. Cendal inmaculado de la nube que ciñendo al Señor se modela y glorifica sobre su contorno. Y ya la nube no fue nube para la mirada, sino túnica y manto y carne, como otras veces semeja espumas, galeones, armiños enjoyados, paisajes polares... Recordamos las tablas o lienzos de asuntos religiosos: transfiguraciones, arrobos, teofanías, cuya sensación de gloria bienaventurada la infunde más el fausto escénico de lo azul y lo blanco que los mismos bienaventurados. Es una técnica que no podía comprender ni presentir un judío que desconoce o rechaza la imagen. Pero San Lucas tiene un origen pagano. San Jerónimo afirma que hablaba mejor el griego que el hebreo. Supo de Medicina, y creen algunos que pintaba, y hasta se concretan sus pinturas. ... ¡Mediodía de la Ascensión! Y la señora, que se doblaba sobre todas las plantas del camino mirándolas, tocándolas, atendiendo la circulación íntima de cada tejido vegetal, dejándolas llenas de su cuidado, la señora corrió para acercarse a los olivares antes de las doce. La paz de las almantas nos acogió como una bóveda santísima. Se desnudaba la tradición..., y la señora cerró sus ojos y encima se puso la venda estremecida y fragante de sus manos; y por ella se cruzarán para nosotros las ramas del olivo, aunque no lo creamos.

En lo hondo del azul volaba y se rompía el vellón de la nube; y la voz de Fray Luis cantaba en el otero.

> ... *Cuan rica tu te alejas;*
> *Cuan pobres y cuan ciegos ¡aj! nos dejas...*

San Juan, san Pedro y san Pablo

En los días más anchos y gozosos del verano, la Iglesia nos ofrece las festividades de san Juan Bautista y de san Pedro y sSan Pablo. De los tres, escogen las gentes dos; los lleva y los trae con la popularidad más inflamada y placera, y casi se olvidan de san Pablo, el «apóstol de las gentes». Porque san Pablo no ha de agradecer a los nombres ni una luminaria de pólvora, ni danza, ni hoguera, ni una hora de servicio extraordinario de tranvías.

Si alguna bienaventurada entrometida, si algún ángel poco curioso de las cosas de este mundo se llegara a san Pablo para felicitarle del júbilo de la verbena de su víspera, se persignaría de susto y sofocación oyendo al apóstol: «¡A mí qué se me da de todo eso que decís! Contádselo a Pedro, y casi más que a Pedro, a Juan el Bautista, aunque el Bautista no sabrá ni palabra de todas esas galanías, coplas, burlas y agudezas con que se solemniza la madrugada y mañanica de San Juan, según me dijo un santo y flaco caballero, que no conocéis: san Quijote de la Mancha, quien presenció una verbena de san Juan en Barcelona, aunque lo niegue don Vicente de los Ríos...».

San Pablo es capaz de saberlo. En sus tiempos, Saulo lee insaciablemente. Florecen en Tarso las bellas artes, la Filosofía, todas las disciplinas y gracias del saber, como en Alejandría y en Atenas. Hijo de padres judíos, puros y rígidos, lo llevan a las escuelas rabínicas farisaicas, y toma por maestro a Gamaliel. Convertido de súbito a la doctrina de Jesús, Pablo es el primer intelectual del Cristianismo, que entonces sólo necesita de hombres de fe. Será siempre un solitario. Al principio se aparta tres años en lo profundo de Arabia para meditar y sentirse en Cristo. Después caminará solo; nunca cuida de auparse y lucirse con su predicación, ni sus prendas corporales le ayudan. «Porque, en verdad, sus cartas —dicen algunos— son graves y fuertes; mas la presencia de su cuerpo es flaca, y su palabra, remisa y sin adorno». Cor. II, X, 10.

Pero dice también él a los corintios; «En cuanto a mí, poco me importa ser juzgado de vosotros o de humano día».

«En este triunvirato apostólico —Pedro, Pablo y Juan Evangelista— escribe Sepp—, Pablo significa el elemento doctrinal; Pedro, el jerárquico; Juan, el místico y ascético. Y la Edad Media considera a Pedro como representación de la Fe; a Juan, de la Caridad; a Pablo, de la Ciencia».

Bien se sabe que la ciencia pura no alcanza popularidad. ¿Es que en Pablo no hay acción, arranques y episodios emotivos? Toda su vida de cristiano se precipita en una inquietud temeraria, tajadora, insaciable. Su conversión es fulminante. Cae del caballo, y todavía revolcándose en el camino, lleno de sol, sube los ojos cegados por la gracia, y grita: «¡Señor: qué quieres que haga!».

«El rayo que le hiere —dice Helio— manifiesta el carácter de san Pablo. San Agustín es atraído por un libro; los Magos, por una estrella; san Pablo, por un rayo... No perseguirá más a Jesús de Nazareth. Pero, entonces, ¿qué hará? Hombre de acción, hombre de todas las acciones, reclama una vocación práctica».

Lleva la palabra de Cristo a Chipre, Perge de Pamfilia, Antioquía, Iconio, Listra y Derbe de Licaonia. Atraviesa la Frigia y Galacia. Pasa a Macedonia. Funda las iglesias de Filipos, Tesalónica, Berea. Convence en Atenas al areopagita Dionisio. Predica casi dos años en Corinto. Vuelve a Éfeso, a Jerusalén. Cruza el Asia Menor. Viene a España. Recorre nuevamente Creta, Corinto, Éfeso, Troas, Macedonia. «¡Soy ciudadano romano!». Y le flagelan cinco veces, y tres veces le apalean. Es lapidado; conoce siete cárceles y sufre tres naufragios. ¡Labrador de corazones con el filo candente del suyo, y ya no queda multitud para él. Su vida varia, trabajada, aleteante, pródiga, nunca pierde los caudales de la serenidad de su pensamiento y de su verbo. Escribe y vigila, inspira y guía el estilo de Lucas. Y nada ha de agradecer a los hombres. Ni siquiera se vale de los bienes de la Comunidad apostólica. Come de su trabajo de artesano. «Ordenado está que viva del Evangelio, el que lo anuncia; pero yo no lo haré». Cor. I, IX, 14-5.

Nerón, César empachado, le manda degollar la misma tarde que crucifican a Pedro.

La Iglesia también los junta; pero la popularidad prefiere a san Pedro. ¡Víspera de san Pedro! ¡Verbena de san Pedro!...

Pedro es el primer jerarca. Se coloca delante, y la multitud siempre sigue. Pedro ha llorado por la flaqueza de sus negaciones. Las gentes se apiadan de esas lágrimas del apóstol, esas lágrimas de la noche del prendimiento del Señor. No necesitan ya saber las otras, las de toda su vida, para las que trae un sudario que nadie verá. Tanto llora, que se le agrieta la piel, y su carne semeja quemada, según dice san Clemente. Ha negado al Señor, creyéndole y amándole más que todos los discípulos. Cuando Jesús les previene en la postrera cena que uno de los doce le ha de entregar, Pedro porfía en saber el nombre del culpado, y el Maestro se lo oculta, «porque si lo hubiese sabido —escribe san Agustín— lo hubiera desgarrado con sus dientes».

Rudeza, fe, fragilidad, bravura y jerarquía, ímpetus y postraciones verdaderamente humanos, de humanidad de pueblo.

Ya bastarán para traerle la popularidad, aunque la popularidad de la víspera de san Pedro viene ya cansada del regocijo y jácara de la del Bautista, la figura más reciamente tallada de toda la hagiología, y cuya memoria se celebra al revés de lo que significa. He aquí el riesgo de la popularidad, y ninguna tan irremediable o tan indómita como la de los Santos. Resistirla fuera casi renunciar a su preeminencia en las moradas eternas.

Juan rechazó infamadamente el acatamiento a sí mismo, y la curiosidad de las multitudes y de los enviados de los poderosos. Le buscaban, pidiéndole: «¡Dinos si eres tú Cristo!».Y Juan rugía: «¡Yo no soy el Cristo!». —«¿Acaso eres tú Elías, eres el Profeta?». —«¡No soy Elías ni Profeta: soy la voz del que clama en el desierto! Vosotros llegáis creyéndoos agradables a Dios, porque descendéis de Abraham. ¡Raza de víboras: yo os digo que de estas piedras puede Dios levantar hijos a Abraham!...».

Toda su predicación es amenazadora, flagelatoria, implacable. Penitencia, humillamiento de la carne, plegaria. Ni el soldado, ni el publicano, ni el sacerdote, ni el tetrarca, hacen vacilar la ardiente antorcha de su lengua. No halagará ni prometerá a sus mismos discípulos. Bravo, rígido, sólo porque precede al fuerte y es su voz en las desolaciones. Así nos muestra cómo ha de atenderse y acendrarse la emoción y la palabra en las soledades. Pero las gentes celebrarán delirantes, galanas, ahítas, enamoradas, ebrias y triscadoras, al que fue virgen y se vistió de pieles de camello, y nunca permitió unción ni navaja en su cabellera, porque estaba consagrado con voto de *nazir*, y se alimentó de miel salvaje y de langosta de pedregal —«800 especies de langostas puras cuentan los rabinos»—, ni bebió bebida fermentada, ni asiste a más festín y danza que en las manos de Salomé.

Castidad indomable de esta lámpara ardiente del Jordán, y en torno de su nombre palpitan guirnaldas de mujeres bermejas de hogueras que ensangrientan el cielo de las noches de junio.

Fuegos de san Juan. Dicen que se encienden de la remota costumbre de juntar y quemar osamentas de bestias. Porque se creía que los dragones, que vuelan, nadan y caminan, arrojan desde los aires su simiente a los pozos, hontanedas y ríos, para incitar a los malos pecados, y el más eficaz remedio contra el maleficio lo daba el humo de fogadas de huesos. También dicen que estas hogueras se hacen conmemorando las lumbres de los huesos de san Juan, quemados por los infieles en Sebaste —Jacques de Voragine. «En las fiestas de Pales (Bar-es) diosa latina de la producción, encendíanse hogueras de paja y hierba seca, y se saltaba sobre las llamas, suponiendo que tenían la virtud de limpiar y absolver de toda culpa, lo mismo que se hace en nuestros pueblos la víspera de san Juan».— Los Nombres de los Dioses: E. Sánchez Calvo.

...No sé por qué ahora me veo, entre el humo dormido, en la clase de Metafísica de la Universidad de Valencia, y un condiscípulo muy aplicado, el señor Ribelles, largo, enjuto, austero, nos apostrofa denodadamente: «¡Ah, si Descartes levantara la cabeza, qué diría!». ¿Y si san Juan, venciendo la pesadumbre de la tradición de sus reliquias, y juntando las mitades de la suya, que, según parece, se guarda repartida entre Roma y Amiens, se asomara por una rasgadura del cielo? Qué no diría, presenciando su popularidad en la tierra, ya difundida por los romances moriscos, donde se lee:

> *La mañana de san Juan*
> *salen a coger guirnaldas*
> *Zara, mujer del rey Chico,*
> *con sus más queridas damas...,*

o aquellos otros versos de Pedro de Padilla, que comienzan:

> *La mañana de san Juan,*
> *de moros tan festejada,*

las cañas sale a jugar
toda la flor de Granada...,

o los villanescos de Alfonso de Alcabdete:

Yo me levantara, madre,
mañanica de san Juan,
vide estar una doncella
ribericas de la mar;
sola lava y sola tuerce,
sola tiende en un rosal...,

sin que, más tarde, se quede sin urdir su romance verbenero el muy grave y dulce don Juan Meléndez Valdés... ¡Verbena roja de amor y de vino, crepitante de fuegos, de bulla y de aceites de frutas de sartén!...Y el fosco Bautista acabaña por sonreír, diciéndose: «¡Ni las gentes ni yo nos habíamos enterado de nosotros, y resulta todo bien!».

De modo que ser célebre o santo consiste, por ahora, en ir rodando un nombre por este mundo.Y un año más.

Esos «años más» dejan el humo que se para, el humo dormido de un día, que, como el del santo nuestro, el de Reyes y el de todos esos días tan inmóviles y veloces, tienen su más sabrosa emoción en la víspera...

Está con su hermano y su padre en la ribera, cosiendo las redes. Llega la voz de Jesús, y los dos hijos se levantan y la siguen.

Pasando por tierras de Samaria, envía el Señor a buscar posada. No se la dan los samaritanos por la malquerencia que ellos y los judíos se tienen. Santiago y Juan se arrebatan y gritan:

—¡Maestro, deja que pidamos fuego del Cielo que los devore!

El Señor les llamaba *Benireges* (hijos del trueno). *Boanerges*, según la fonética galilea.

Después de la Ascensión, Santiago siembra la doctrina evangélica en España. No recoge mucha mies: nueve conversiones, cuentan algunos; una nada más, apuntan otros.

Vuelve a la Judea. Su poder de taumaturgo pasma a las gentes. Sólo tocando el paño de su cuello se libra Philetus del maleficio de Hermógenes, y su palabra reduce a este mago y ata los demonios.

Es el primer apóstol que muere de suplicio. Lo manda degollar Herodes Agripa. Camino de la muerte, sana a un paralítico y bautiza al que le arrastraba de las ataduras. Los dos reciben igual martirio.

Toman los discípulos el cuerpo de Santiago y lo llevan a Jaffa; de aquí navegan en un bajel sin timón. Arriban a las costas ibéricas de Iria. Ponen el sagrado cuerpo sobre un macizo de mármol; la piedra se funde como la cera para que el cadáver penetre, y así se labra el sarcófago. Queda desconocido; crece un bosque y lo cubre.

Y dice el padre Mariana: «Con el largo tiempo y con este olvido tan grande, el lugar en que estaba se hinchó de maleza, espinas y matorrales, sin que nadie cayese en la cuenta de tan gran tesoro hasta el tiempo de Teodomiro, obispo iriense».

En los días de tan venerable varón aparecen, de noche, luces clarísimas y portentosas dentro de un apartado boscaje. Corre el ermitaño Pelagio a decirlo. Acude el obispo y ve brillar una estrella de resplandores maravillosos. Se monda y cava el terreno y descúbrese un sepulcro: es el del apóstol. La comarca recibe el nombre de Compostela, de «Campus Stellae», «Campus Apostoli», «Giacomo Apóstolo». Don Alfonso el Casto levanta la primera iglesia compostelana.

A Teodomiro le sucede en la diócesis Ataúlfo. Cuatro siervos de los campos del templo acusan a Ataúlfo de un pecado horrendo.

Reinaba en Asturias Ordoño I, «padre del pueblo». El cronista de Galicia don Fernando Fulgosio insiste en elogiar la «mansa condición y las apacibles costumbres» de este monarca, «el más querido del mundo», quien, sabedor de las acusaciones contra Ataúlfo, le llama a su presencia.

Revístese de pontifical el prelado; dice misa, y todavía con los ornamentos del altar se presenta en la corte. El manso rey, sin oírle, le suelta un toro bravo, agarrochado y mordido de perros feroces. El obispo hace la señal de la cruz, y la bestia se le humilla y le entrega la cuerna. Ataúlfo la toma. Antiguamente estuvo colgada como exvoto en la catedral de Santiago.

Sube la devoción al sepulcro del apóstol.

Fue Ordoño el vencedor de la legítima batalla de Clavijo. La lanza del dulce Ordoño se hunde tres veces en el cuerpo de Muza el renegado. La tradición traslada esta victoria a Ramiro I, «el de la vara de la justicia». Origina esta leyenda el relato del arzobispo don Rodrigo. Antojósele a Abderrahman de Córdoba recordar a Ramiro el tributo de las cien doncellas, pagadero desde Mauregato. Enciéndese en cólera el rey cristiano. Penetra con su ejército en tierra riojana; tópase con los moros; se acometen; quedan muy descalabrados los creyentes; retíranse a llorar su desgracia en el recuesto de Clavijo. Adormécese el rey, y en sueños se le presenta el apóstol, alentándole a seguir la pelea. Viene el día. Se arremeten los ejércitos y aparece el apóstol en los aires, caballero en un corcel blanco y empuñando una espada y una blanca bandera cruzada de rojo. «¡Santiago, Santiago, cierra España!», apellidan los cristianos; y entre ellos y el Santo degollaron sesenta mil moros. No tienen más coraje los dioses en la guerra de Troya. Aquí se premia al Santo haciéndole soldado de caballería y particionero en los despojos del enemigo; además se obliga España a pagarle en su iglesia cierta medida de trigo y mosto de cada yugada de sembradura y viña.

El apóstol seguirá apareciéndose en hábito de romero o de soldado.

Pero cada día hubo más santos que también se aparecían y ayudaban a los hombres. Ya no quedará comarca, ciudad, pueblo, aldea ni caserío sin santo patrono, con inflexibles aledaños de devoción.

El venerable maestro de la Liturgia, R. F. Cabrol, abad de Farnborough, escribe: «Se ha dicho que los dioses del paganismo han sido trocados en santos, o también: que el vulgo sustituyó a sus ídolos por otros bautizados con distinto nombre. Es rigurosamente histórico que en ciertos lugares el culto de un dios fue suplantado por el de un santo; mas esta transformación no debe sorprendernos. La Iglesia no ha venido a destruir el sentimiento religioso, sino a purificarlo y ennoblecerlo».

Ahora recordamos que Cicerón pone en labios de uno de los que dialogan en su tratado *De la Naturaleza de los Dioses* estas palabras: «Vemos que todos los mortales suelen atribuir a los dioses los bienes exteriores, la abundancia de frutos, toda comodidad y prosperidad de la vida; y, por el contrario, nadie dice haber recibido de los dioses la virtud...

Cuando vemos acrecentada nuestra hacienda, cuando hemos alcanzado algún bien fortuito o nos hemos librado de algún mal, damos gracias a los dioses. ¿Quién se las dio nunca por ser hombre de bien?».
Ni a ellos, ni quizá al mismo glorioso apóstol.

✦

Críticos ortodoxos rechazan las tradiciones españolas anotadas. Pero la estampa que sale de manos de la leyenda no puede enmendarse. Es el milagro de la fe y del humo dormido...

ÍNDICE